CHOU FATAL

De la même autrice

Romans

Les Pépètes du cacatoès, City Éditions, 2019
Une certaine idée du paradis, Calmann-Lévy, 2020
Si fragiles et si forts, Eyrolles, 2021
Un futur presque parfait, Calmann-Lévy, 2022

Pour Armel, conseiller spécial de Violette

JEUDI

PROLOGUE

Il faut avoir goûté une religieuse de Léonard Juillet pour comprendre ce qu'est la grande pâtisserie française. Son salon de thé est niché au cœur du plus bel hôtel de l'île, lieu fastueux et intimidant dont peu osent pousser la porte. Faites-le, et armez-vous de patience : chaque client, troublé par la beauté des pâtisseries exposées, demande, renonce, hésite et l'attente est longue. Ici, on ne mange pas. On expérimente.

À 25 ans, Léonard Juillet offre enfin à la Martinique le grand artisan que notre île mérite. Loin des flonflons parisiens et des gâteaux de famille, ses créations sont une ode à l'exploration gustative. Ce gamin de la Côte-au-vent, né dans une famille de pêcheurs, a fait ses classes chez Ladurée *avant de revenir comme chef pâtissier au restaurant du palace* La Suite.

Ses pâtisseries sont travaillées comme des pièces d'orfèvrerie. Il ne court pas après les prouesses mais cherche la perfection. « Je préfère travailler bien qu'aller toujours plus loin, explique-t-il. Mon premier souci, c'est de faire plaisir aux gourmets. Je mets dans mes pâtisseries tout ce que je ressens, l'amour du bon produit, l'envie de procurer des sensations. »

La religieuse de Léonard ? On vient de toute la Martinique pour la déguster. Sa pâte est moelleuse et croustillante, sa garniture crémeuse et chocolatée à la perfection. Un filet de crème fraîche enrobe la saveur fougueuse du cacao, et une petite collerette de crème au beurre à l'ancienne soutient sa tête glacée. « Toutes mes religieuses sont glacées au café, précise Léonard. Son amertume fait ressortir la douceur du chocolat ou de la vanille. »

La clientèle locale, ceux qu'il appelle avec affection « mes habitués », n'est pas oubliée puisqu'il s'amuse à varier les saveurs en proposant chaque semaine un classique revisité. Ce mardi, c'étaient des mille-feuilles au basilic et au citron et un paris-brest à la nougatine et à la vanille Bourbon. Au printemps, son framboisier aux amandes effilées reste un must à s'offrir pour un repas de famille.

Léonard Juillet porte aujourd'hui plus haut que quiconque les couleurs de la pâtisserie tricolore. Une étoile que Paris n'a pas réussi à conquérir, et les Martiniquais s'en félicitent. Puissent-ils la garder.

Clément Toubon, In *Antilles Magazine*, 24 avril

Pour la deuxième fois, Léonard Juillet relut l'article découpé et glissé dans un cadre. « Léonard Juillet porte aujourd'hui plus haut que quiconque les couleurs de la pâtisserie tricolore. » Dans deux jours, il espérait bien le prouver au monde entier et conquérir le trophée Carême qui récompensait la crème des pâtissiers.

— Tu es sûr de vouloir t'en aller ? Me laisser, abandonner tes petits frères ?

Retenant un soupir, le jeune homme se tourna vers sa mère qui se tenait derrière lui, mains sur les hanches.

— Maman, je reviens mardi et ce concours est une chance. Je vais présenter mon travail aux meilleurs critiques gastronomiques du monde.

— Travailler, toujours travailler… Quand est-ce que tu me fais des petits-enfants, hein ?

— J'ai le temps, tu sais.

Elle secoua la tête, butée.

— C'est ce qu'on dit… À ton âge, ton père avait déjà deux beaux bébés. Et si l'avion tombe ? Et si tu meurs là-bas ? Je resterai toute seule ! Miséricorde !

Elle se mit à pleurer. Léonard éclata de rire et la prit dans ses bras.

— Rappelle-toi ce que tu m'as dit il y a sept ans quand je suis parti en métropole : « Il n'y a rien de bon pour toi là-bas. » J'y suis allé et j'en suis revenu avec une super expérience qui m'a permis d'être embauché à *La Suite*. Tout se passera bien cette fois aussi.

— Tu crois ? dit-elle en s'essuyant les yeux.

— Le pire qui puisse m'arriver, répondit-il en l'embrassant, c'est de perdre.

— Mon fils, personne n'est à l'abri de la malice de Dieu.

1

D'un veau on espère un bœuf, et d'une poule un œuf

Jean-Paul Berthoux saisit son trousseau de clés, tira la porte derrière lui et inspira l'air froid à pleins poumons. Le ciel, d'un blanc laiteux, annonçait une belle journée. *Le calme avant la tempête*, songea-t-il en observant les nuages qui s'étiraient à l'horizon. La météo avait annoncé de gros orages pour le week-end.

Son regard se posa sur la porte fortifiée qui se dressait de l'autre côté de la cour et il sourit. Droit et fier, fort de ses cinq siècles, le château de Valençay semblait imperturbable. Jean-Paul Berthoux ne se lassait pas de ce spectacle. Dix ans qu'il travaillait et vivait ici en tant que régisseur, et la beauté sereine des lieux lui emplissait le cœur chaque matin. Le château lui avait sauvé la vie après la mort de sa femme. *Si les gamins des cités vivaient ici, ils ne feraient pas de bêtises, c'est sûr*, se dit-il en se dirigeant vers le jardin pour son inspection matinale. Il était impossible de se sentir triste, désœuvré ou de penser à mal dans un endroit pareil ; le château était plus grand que les hommes, plus grand que leurs petits malheurs et leurs défauts, le château emportait tout, effaçait tout, enveloppait la vie d'un souffle de perfection. Valençay était un paradis et Jean-Paul était fier d'en être le serviteur.

Une heure plus tard, son tour d'inspection terminé, il rejoignait le directeur dans son bureau. M. Cornillon ne semblait pas ressentir les effets apaisants de Valençay. L'air hagard, il faisait les cent pas, errant entre la longue bibliothèque et sa table de travail surchargée de dossiers.

— Le maire vient de m'appeler, c'est la catastrophe ! Il est au fond de son lit avec la grippe. Plus de goût, plus d'odorat, plus rien ! Impossible dans son état de tenir son rôle de juré du prix Antonin-Carême. Il ne sent plus rien, rien !

Le directeur se tordit les mains.

— Quelle idée d'avoir accepté ce séminaire, gémit-il, quelle idée !

C'était un homme aux joues rondes, à la chevelure clairsemée, doté de petites lunettes en acier et d'un nœud papillon. Il était arrivé au domaine un an plus tôt et Jean-Paul ne savait toujours pas si cette nomination représentait pour le château une chance ou une catastrophe. M. Cornillon était un historien de l'art diplômé de l'École du Louvre. Il était capable de donner au pied levé une conférence sur les influences de la marqueterie espagnole chez Boulle et de convaincre la Direction régionale de l'action culturelle de lâcher une subvention exceptionnelle pour repeindre les portes des caves, mais il était à côté de ses semelles lorsqu'il s'agissait de gérer les partenariats ou les artisans. Il s'était pris de passion pour le mobilier exceptionnel du château, en particulier sa vaisselle, ses luminaires et ses horloges Empire, et il avait été horrifié en découvrant les chiffres de fréquentation. À peine quatre-vingt mille visiteurs par an, quand le château de Blois, bien moins beau, en attirait quatre fois plus[1]. C'était une honte ! À l'instar de Jean-Paul, il était persuadé que Valençay était un bijou, une pépite, méritant de rayonner à l'échelle mondiale. Mais le domaine, après avoir été le cœur du monde diplomatique et de la haute société parisienne, était tombé dans l'oubli.

Espérant le tirer de cette ornière, Marc Cornillon avait multiplié les communications dans les publications scientifiques et auprès des journalistes parisiens spécialisés. Valençay était redevenu un nom qui comptait dans le milieu des historiens de l'art, mais le public, qui ne lisait pas *La Lettre de la Sorbonne* ni *La Gazette des amis de l'École du Louvre*, continuait à ignorer superbement l'existence du domaine, celle de son parc de cinquante hectares, ses glacières, ses charpentes vrillées du XVIe siècle, ses meubles de maîtres français, ses cuisines aménagées du début du XIXe et son théâtre à l'italienne miniature. Quant aux journalistes, la perspective de parcourir trois cent cinquante kilomètres pour se perdre aux confins du Berry les avait rendus sourds et muets. Aucun n'avait répondu aux sollicitations répétées de Marc Cornillon, qu'ils embrassaient si chaleureusement un an auparavant, lors des vernissages au Grand Palais ou des soirées de gala au musée Jacquemart-André.

Jean-Paul Berthoux se désolait de voir le malheureux s'épuiser dans ses stratégies de communication stériles. Lorsque M. Cornillon avait reçu la demande de la Société internationale des amis de Carême, la SIAC, de louer le

1. L'autrice tient à préciser qu'elle ne cautionne en aucun cas les opinions des personnages : chaque château de la Loire possède son type de beauté.

château pour y tenir son assemblée générale annuelle, le régisseur y avait vu l'opportunité qu'il attendait depuis si longtemps. Enfin une opération qui permettrait de faire connaître le château à des personnes susceptibles de l'apprécier[1]. Il avait donc mis toutes ses compétences au service de l'entreprise, soutenant le directeur nuit et jour dans l'organisation de ce fameux week-end, le plus important du travail étant de rassurer son supérieur. Une mission dans laquelle il avait manifestement échoué, ledit chef ressemblant ce matin à une serpillière échouée sur un bord de fenêtre.

— Je ne connais rien aux gâteaux ni aux chefs, gémit M. Cornillon. Moi, ce que j'aime, c'est le patrimoine. Je n'ai pas accepté ce poste pour organiser des mondanités ni des banquets, je veux recréer la roseraie de la duchesse, proposer des représentations dans le petit théâtre, faire vivre le château tel qu'il était du temps de Charles de Talleyrand !

Jean-Paul tenta d'apaiser les angoisses du directeur.

— Justement, monsieur, c'est parce que le prince était fou de gastronomie que le château est l'endroit rêvé pour accueillir le chapitre de la SIAC.

— C'est vrai, c'est vrai. Mais avec un juré en moins, comment faire ? Et pas n'importe lequel : le maire ! Je ne connais personne qui puisse le remplacer...

Sourcils froncés, le régisseur réfléchissait à toute allure.

— J'ai peut-être une solution, dit-il.

Le directeur écarquilla les yeux.

---

1. Un directeur marketing parlerait d'« action adaptée au public cible ».

— Ne me dites pas que vous comptez enfiler son écharpe tricolore et vous faire passer pour lui ?

Le régisseur étouffa un sourire.

— Certainement pas, monsieur, mais je connais quelqu'un que je peux convaincre de nous dépanner. Et qui est un véritable maire. Je suis certain qu'elle sera ravie de découvrir Valençay et très fière d'être jurée avec vous.

— Parce que je dois aussi être juré ?

— Évidemment, vous représentez Valençay, et Valençay, c'est Carême.

— Mon Dieu, j'en suis bien incapable !

— Il s'agit simplement de manger. Tout le monde sait faire ça.

Et comme le directeur le fixait d'un air paniqué, Jean-Paul ajouta d'une voix ferme :

— Pensez au château, monsieur.

2

Il faut gratter les gens où ça les démange

Assise à son bureau, Claudine Imbert se massait les tempes et pour la troisième fois de la matinée, se demandait pourquoi diable elle tenait à solliciter un nouveau mandat de maire à Mouy-sur-Loire. Les tracas tombaient comme la pluie en novembre et un problème en particulier devenait de plus en plus épineux. La dame de la cantine avait démissionné juste avant les vacances de la Toussaint et la municipalité n'était pas parvenue à la remplacer. La mairesse avait fait publier des annonces sur tous les supports possibles, dans le bulletin municipal, sur la page Facebook de la commune, dans *Le Quotidien républicain*, et même au bureau de poste, placardée bien en vue à droite du guichet, là où elle ne pouvait échapper à aucun usager. Autant jeter une pierre au fond d'un puits. On était début février et l'instituteur se dévouait depuis trois mois pour servir lui-même les assiettes de saucisse-purée aux enfants. La situation ne pouvait pas durer, ni l'Éducation nationale ni l'assurance de la municipalité ne la toléreraient longtemps. Les clauses de responsabilité civile générale étaient très claires.

Claudine Imbert jeta un regard désespéré par la fenêtre, comme si une cantinière ponctuelle, propre et souriante pouvait arriver par pigeon voyageur, mais le ciel resta gris et vide. Elle releva son écharpe au-dessus de son nez gelé. L'hôtel de ville était installé depuis la Révolution dans une vieille abbaye romane. Les siècles avaient passé, la mairie était restée entre ces murs chargés d'histoire et de courants d'air, avec des avantages – le lieu en jetait et tous les habitants de Mouy l'adoraient – et quelques inconvénients, puisque le WiFi ne passait pas entre les pierres de tuffeau. Le chauffage central non plus. Claudine Imbert avait bien demandé un devis pour l'installer, mais le montant stratosphérique des travaux et les exigences de l'architecte des Bâtiments de France (la mairie était classée depuis 1905) l'avait dissuadée de poursuivre le projet. Le prix de l'électricité avait bondi ces derniers mois et la mairesse avait décidé de sacrifier son radiateur électrique afin de préserver le budget de la commune. Seul le bureau de Géraldine, la secrétaire de mairie, était chauffé. En janvier, les pieds glacés et la goutte au nez, Claudine Imbert avait osé faire un feu dans la cheminée de son bureau ; la municipalité n'ayant jamais fait ramoner les conduits, une fumée noire et poisseuse avait envahi la pièce. Elle y avait stagné trois jours. Depuis, la mairesse se contentait d'un plaid.

Avec un soupir désolé, elle se concentra à nouveau sur l'écran de son ordinateur et cliqua pour ouvrir un autre dossier. Le planning d'entretien de la voirie. Encore des sous à trouver, et pire, des entreprises disposées à intervenir.

L'irruption de Géraldine l'arracha à sa lecture.

— J'en ai deux ! s'écria la secrétaire en brandissant une chemise cartonnée. Deux candidates pour le poste à la cantine !

Elle s'assit face à Claudine, ouvrit le dossier et d'une voix enthousiaste, détailla les CV miraculeusement arrivés par mail.

— Alors nous avons Joëlle Bienassis, 53 ans. Elle travaille comme assistante de vie depuis 1995.

La mairesse grimaça derrière son écharpe à carreaux.

— Dans ce secteur, il y a du travail à ne plus savoir qu'en faire. Pourquoi postule-t-elle ?

— La hausse du prix du carburant. Elle m'a dit au téléphone qu'elle ne s'y retrouve plus, l'association d'aide à domicile qui l'emploie refuse d'augmenter ses indemnités kilométriques. Elle a l'air bien, expérimentée et honnête.

Sans se laisser démonter par la moue dubitative de la mairesse, Géraldine lui tendit la deuxième lettre de candidature.

— L'autre candidate est plus jeune. Elle s'appelle Margot Levasseur, ses parents habitent à Villepioux et elle a 22 ans.

La perplexité de Claudine s'accrut. Quelle sorte de fille pouvait vouloir devenir dame de cantine à 22 ans ?

— Elle a un casier judiciaire ? demanda-t-elle d'un ton soupçonneux.

Cette fois, c'est la secrétaire qui fut estomaquée.

— Je ne pense pas. Elle a suivi un CAP cuisine après son bac littéraire et elle a travaillé trois ans comme pizzaïolo dans le bassin d'Arcachon. Elle veut changer de secteur parce qu'elle ne supporte plus le machisme en cuisine.

La mairesse jugea l'argument recevable.

— C'est tout ? demanda-t-elle. Deux candidates seulement ?

— C'est déjà beaucoup, madame le maire ! Deux candidatures, c'est un miracle. Et vu leurs profils, toutes les deux connaissent les règles d'hygiène de la restauration collective.

— C'est vrai, murmura Claudine. Proposez-leur un entretien demain.

— C'est un peu court. Nous sommes jeudi, fixons-leur plutôt un rendez-vous en début de semaine prochaine ?

Claudine leva les bras au ciel.

— Si les gens ont besoin de trois jours pour préparer un entretien d'embauche à un poste de cantinière, je comprends le taux de chômage dans ce pays…

Convaincue que le Ciel avait enfin répondu à leurs vœux en leur envoyant Joëlle Bienassis et Margot Levasseur, Géraldine s'empressa d'appeler les deux perles rares.

Claudine se replongeait dans son planning de voirie lorsque son portable sonna. Avec un grognement d'exaspération, elle s'apprêtait à rejeter l'appel mais elle reconnut le numéro qui s'affichait sur l'écran.

— Jean-Paul ! Comment vas-tu ?

Claudine Imbert vivait avec son mari Michel dans un joli pavillon, à trois kilomètres du cœur de Mouy-sur-Loire. Michel, qui avait dirigé une entreprise de BTP, l'avait construit lui-même trente ans plus tôt. La maison était entourée d'un grand jardin auquel Claudine s'obstinait à tenter de donner bonne figure en plantant, selon son humeur, du mimosa, des hortensias ou du persil, mais malgré son énergie, l'espace ressemblait plus à un terrain vague qu'à un parc paysagé. Elle n'était jamais parvenue à percer les règles de l'horticulture : elle mélangeait les saisons de semis et celles de bouturage, choisissait des espèces méditerranéennes et se lamentait en les voyant dépérir au premier coup de gel ou, à l'inverse, collait en plein soleil un arbuste qui exigeait l'ombre. Têtue, elle renouvelait ses tentatives chaque année et, chaque année, des buissons morts avant d'avoir pu fleurir égayaient ses parterres.

— Je ne comprends pas, marmonnait-elle, perplexe, en arrachant les cadavres ratatinés. J'ai suivi les conseils du vendeur… Il m'a certifié que ces freesias aimaient le soleil.

— Tu les as plantés début juillet, soufflait Michel.

— Tiens, c'est vrai, murmurait Claudine. Tu crois qu'ils ont eu trop chaud ? J'aurai pourtant juré qu'ici, ils seraient bien abrités.

— Du vent, oui, mais pas du soleil.

Claudine affirmait qu'on ne l'y prendrait plus, jetait les plants morts derrière le tas de bois et récidivait un mois plus tard. Le seul être végétal qui survivait de saison en saison à Claudine était un tilleul centenaire.

La mairesse gara sa voiture au pied de l'arbre, contourna précautionneusement un chapelet de flaques boueuses à demi gelées et entra. La chaleur douillette de la maison lui donna le sourire.

— Michel ! appela-t-elle à tue-tête en retirant ses gants.

— Je suis dans la cuisine, répondit son mari sur le même ton, je prépare la choucroute.

Michel, qui n'avait pas touché une casserole durant les soixante-deux premières années de son existence, s'était pris d'intérêt pour l'art culinaire une fois à la retraite. Depuis quelques mois, il émincait, grillait, fraisait et réservait avec minutie, une occupation dont Claudine se félicitait : son mari la débarrassait d'une multitude de tâches, il se chargeait des courses, du marché, de la préparation des repas et même de la vaisselle.

Tout en entassant son bonnet, son écharpe, son manteau et son gilet sur le porte-manteau de l'entrée, elle cria qu'elle s'absentait pour le week-end.

— Mon cousin Jean-Paul, celui qui est régisseur du château de Valençay, m'a appelée, précisa-t-elle un ton plus bas, après avoir rejoint son mari dans la cuisine.

— Rien de grave ?

Claudine secoua la tête. Elle alluma la bouilloire pour se faire un thé.

— Non, mais il a besoin de moi. La Société internationale des amis de Carême, la SIAC, tient son séminaire annuel ce week-end au château et une demi-douzaine de pâtissiers ont été sélectionnés pour la finale du prix Antonin-Carême. Le jury est composé des membres de la SIAC et de deux jurés exceptionnels, le maire de Valençay et le directeur du château, mais le maire a la grippe. Plus de goût ni d'odorat, rien ! La catastrophe, tu penses bien ! Jean-Paul a pensé à moi pour le remplacer, le directeur du château a accepté et il m'invite pour le week-end.

Michel la fixa d'un air stupéfait.

— Tu vas être jurée dans un concours de pâtisserie ?

— Oui.

— Eh bien, on aura tout vu ! Tu ne sais même pas monter une crème chantilly !

D'un geste, Claudine balaya l'argument.

— Évidemment, parce que je n'ai pas le temps de m'entraîner, mais je sais reconnaître une bonne crème d'une crème industrielle. Donc je pars trois jours : les épreuves se déroulent tout le week-end et le trophée est remis au vainqueur le dimanche soir.

Comme elle se détournait pour sortir une tasse du placard, le regard atterré de Michel lui échappa.

— La seule chose qui m'ennuie, poursuivit-elle en dépliant un sachet de thé, c'est que je dois rester là-bas jusqu'au lundi après-midi. Ça m'oblige à décaler les entretiens avec les candidates au poste de cantinière.

— Vous vous en passez depuis trois mois, vous n'êtes plus à deux jours près.

— On voit bien que ce n'est pas toi qui t'occupes des enfants !

Afin de ménager l'instituteur – il ne s'agissait pas que lui aussi lui file entre les doigts en demandant une mutation d'urgence –, Claudine assurait depuis deux semaines la pause méridienne du lundi. Elle devait le prévenir que cette semaine, elle manquerait son tour. La perspective la réjouissait malgré tout ; elle, qui n'avait pas d'enfants, avait découvert avec effarement que trente-cinq bambins de 5 à 11 ans commettaient plus de bruit qu'un groupe de hard rock.

Le dos tourné, Michel ruminait. Il aimait tant cuisiner ! Pourquoi Jean-Paul ne l'avait-il pas appelé lui ? Il aurait été un excellent juré ! Mais non, c'était Claudine, qui savait à peine faire cuire une patate, qu'on chargeait de reconnaître la qualité d'une mousse aux fruits ou la légèreté d'une génoise, qu'elle confondrait avec un biscuit Joconde[1]. L'injustice de la situation le mettait hors de lui.

Derrière lui, la voix de sa femme formait un ronronnement tandis qu'il émincait minutieusement ses feuilles de chou.

— ... demandé à Violette de m'accompagner.

Michel sursauta et se retourna, le couteau en l'air.

— Violette Laguille ?

— Je la trouve en petite forme, elle ne sort plus de chez elle. Elle a besoin de changer d'air.

Ça, pensa Michel, en abattant brusquement sa lame sur une côte de chou innocente, *c'est le pompon !* Non seulement sa femme s'offrait des week-ends dans des châteaux, mais elle invitait cette vieille toupie au lieu de son mari. Elle ne méritait pas ses petits plats ! Ah, ça, non !

— Je l'appelle tout de suite, dit Claudine, inconsciente de la rancœur animant son mari.

1. La différence est subtile mais ceux qui savent savent.

3

Chacun prêche pour son château

Violette Laguille accueillit fraîchement l'invitation. Convaincue du bien-fondé de son idée, la mairesse insista.

— Ça vous fera un bien fou, Violette. Valençay ! Pensez donc ! Trois jours au pays du fromage et du vin, à déguster des plats délicieux dans un château, sans avoir à vous soucier de rien ! Vous serez traitée comme une princesse et vous reposerez.

La vieille dame pinça les lèvres.

— Je ne suis pas fatiguée, dit-elle sèchement.

— Vous vivez dans les travaux depuis deux mois, il n'y a rien de plus pénible.

Levant les yeux, Violette inspecta sa cuisine : un évier en Inox avait remplacé la vieille cuve en céramique ébréchée mais il n'était pas encore raccordé à l'eau chaude, le cumulus commandé par le plombier n'étant pas arrivé. Les murs décapés, dont les fissures avaient été bouchées, attendaient leur couche de peinture. Un tortillon de plastique noir crevait le plafond, là où l'on accrocherait une lampe. Bientôt. Très bientôt.

— Tout avance à merveille, dit Violette.

Et elle raccrocha. Claudine n'en fut pas vexée. Elle se contenta de pousser un soupir à décorner une chèvre et secoua la tête, affligée.

— Elle m'inquiète, confia-t-elle à son mari.

Plongé dans le canapé et le journal, celui-ci ne réagit pas.

— Pas toi ?

— ...

— Depuis que ces barbares ont incendié sa maison, elle n'est plus la même. Je la trouve éteinte.

— ...

— À son âge, ce n'est pas sain de vivre comme une réfugiée, dans la poussière.

— ...

— Je ne sais pas comment la convaincre de m'accompagner.

— ...

Claudine soupira une deuxième fois et se leva pour étendre le linge. Cela lui donnerait peut-être une idée. Elle avait remarqué à quel point son cerveau tournait durant les activités ménagères.

À l'autre bout de Mouy-sur-Loire, dans sa nouvelle maison de la rue Grande, Violette Laguille était déjà retournée à sa préoccupation du jour : choisir un bon fauteuil. Elle avait fêté ses 85 ans et elle avait l'âge de s'accorder un peu de confort. Après la mort de son mari, trente ans plus tôt, elle avait quitté son petit trois-pièces de la butte Montmartre pour venir s'installer dans une petite ville de Touraine, Mouy-sur-Loire, 1 501 habitants. Elle vivait seule et ne comptait sur personne d'autre qu'elle-même pour prendre soin de ses vieux jours. Autant les passer dans un fauteuil confortable et assorti à son canapé.

Des criminels avaient incendié sa maison en octobre et elle avait tout perdu : ses meubles, ses vêtements griffés et ses cactus nains[1]. Ses souvenirs de jeunesse – une extravagante collection de costumes de scène et des dizaines d'articles jaunis – étaient également partis en fumée. À regret, la vieille dame avait décidé de tourner la page. Elle avait vendu sa maison à un promoteur pour en acheter une nouvelle qu'elle aménagerait à son goût, enterrant définitivement sa première vie, celle durant laquelle elle avait été une patineuse artistique remarquée, évoluant de Moscou à New York et séduisant les grands de ce monde.

Son assureur venait (enfin !) de lui verser la première partie des indemnités dues à la suite de l'incendie et elle comptait en faire bon usage. Qu'il s'agisse de robes, de chaussures ou de mobilier, elle avait toujours aimé acheter ; Internet (et de confortables économies) lui permettaient d'assouvir sa passion. Elle se connecta à un site de décoration et fit défiler les photos qu'elle examina d'un œil gourmand. Un fauteuil à mémoire de forme, peut-être ? Ou un canapé italien ? Les Italiens étaient très forts en design, ils imaginaient des meubles beaux *et* confortables, contrairement aux fabricants français qui proposaient généralement des sacs de noyaux *ou* des mochetés, se montrant incapables d'allier l'utile à l'agréable, excepté en cuisine. Ce fauteuil club en tissu éponge orange n'était pas mal du tout... Ou bien celui-ci, en velours côtelé vert émeraude ?

1. *Un futur presque parfait*, Calmann-Lévy, 2022.

Le téléphone arracha la vieille dame à ses recherches. Elle décrocha avec un reniflement d'exaspération.

— Madame Laguille, c'est Nicolas Petit.

Le plombier! Il veut me fixer un rendez-vous pour installer la baignoire, se réjouit Violette. Avant qu'elle n'ait le temps d'ouvrir son agenda, elle entendit une série de gargouillements étouffés, comme si le jeune homme passait sous un tunnel, puis un toussotement et enfin un marmonnement embarrassé.

— Voilà!

— Mais...

— Alors à mardi en vingt! Bonne soirée, madame Laguille!

Et Nicolas Petit raccrocha. Muette de désespoir, Violette s'affaissa sur sa chaise. L'installation du poêle avait trois semaines de retard, celle de la salle de bains, huit. La faute aux fournisseurs, selon Nicolas Petit. Deux mois sans baignoire, sans même une douche, à se laver comme une pauvresse à l'évier en contemplant les crevasses de plâtre, c'était long. Trop long. Surtout à son âge. Et voilà que le plombier lui infligeait trois semaines supplémentaires d'enfer! Les larmes lui montèrent aux yeux. Elle était épuisée, frigorifiée, les cheveux secs de poussière. Le chantier était une centrifugeuse géante qui la secouait comme une vieille noix; les murs, les gaines électriques, les tuyaux, les sacs de plâtre et de ciment formaient une bouche sans fond qui l'écrasait puis la recrachait comme un os rongé, elle rêvait d'un endroit confortable, propre et chaud. Comme un château.

Après tout, rien ne la retenait à Mouy. Elle n'avait pas de chat et elle n'avait pas encore remplacé ses cactus chéris morts dans l'incendie.

Elle composa le numéro de la mairesse.

— Je vous accompagne à Valençay…

— Formidable, nous allons bien nous amuser !

— … à une condition, coupa Violette, que nous ne partions pas avant demain midi.

— Ne vous inquiétez pas. Le concours commence en fin d'après-midi et nous avons à peine deux heures de route. Je passe vous prendre après le déjeuner.

— C'est parfait.

On était au début du mois : Claudine s'imagina que la vieille dame attendait le versement de sa retraite pour partir l'esprit tranquille. Il n'en était rien. Violette avait des courses urgentes à effectuer. Depuis qu'elle la connaissait, elle s'épouvantait de l'allure de la mairesse dont elle déplorait les convictions stylistiques. Claudine Imbert ne jurait que par le confort et n'imaginait pas que l'on puisse allier celui-ci à un minimum de sens esthétique. Or, on ne représente pas la gastronomie française engoncée dans une doudoune orange et des chaussures de marche. Violette Laguille ne le tolérerait pas. Elle avait arpenté les boutiques de mode aux quatre coins du globe et le style n'avait aucun secret pour elle ; grâce à ces merveilleuses inventions qu'étaient le commerce en ligne et la livraison en vingt-quatre heures, elle comptait bien dénicher et recevoir à temps quelques tenues décentes pour la mairesse.

VENDREDI

4

Qui manie le miel s'en lèche les doigts

Théophile Vernet vivait seul mais contrairement à Violette Laguille, il avait toujours été célibataire. Il possédait un immense appartement dans le cœur historique d'Orléans. La nature ayant horreur du vide, le vieil homme avait occupé les cent cinquante mètres carrés à sa manière, en couvrant chaque mur de rayonnages, eux-mêmes surchargés de livres aux titres aussi alléchants que *Le vin du soldat durant la guerre de 1870 : fraude industrielle et revendications sociales*, *Épeautre et blé, analyse d'un conflit alimentaire sous les Gaulois*, ou encore *François Vatel, politique ou gastronome ?* On en trouvait jusque dans les toilettes.

Théophile Vernet étudiait l'histoire de la cuisine depuis un demi-siècle et l'avait enseignée avec une passion redoutable aux étudiants de la Sorbonne. Il pouvait discourir durant une journée entière des mérites de telle recette ou des apports de tel roi de France à ce sujet essentiel. Car, ainsi que chacun le sait et qu'il se plaisait à le répéter à ses étudiants : « La nourriture mène le monde et elle a engendré bien des révolutions, ce ne sont pas Marie-Antoinette et ses brioches qui affirmeront le contraire. »

Ce vendredi matin, Théophile Vernet était très affairé. Il s'apprêtait à prendre le train pour Valençay où se tenait le séminaire annuel de la SIAC. Ne pouvant plus porter la bonne parole dans les amphithéâtres universitaires puisqu'il était à la retraite, il s'était lancé dans une croisade personnelle contre l'uniformisation culinaire et ses suppôts, les industriels de l'agroalimentaire. Le fer de lance de ce combat était la SIAC, dont il assurait la présidence avec une ferveur communicative et un maximum de diplomatie. Le séminaire annuel était l'apothéose de cet engagement, la cerise sur le gâteau de ses efforts, mais cette rencontre si attendue par ses pairs se révélait aussi une source de stress intense pour le vieil universitaire.

Debout en manches de chemise et en chaussettes, Théophile Vernet considérait avec angoisse sa valise-cabine ouverte sur le lit. Il détestait ces préparatifs, tout comme il détestait voyager, car il ne pouvait emmener son bureau et le contenu de ses bibliothèques. Le bagage était déjà plein comme un œuf et il n'y avait pas fourré la moitié de ce dont il avait besoin pour son séjour.

— Les notes de notre conférence sur le tapioca, marmonna-t-il, ma communication sur la châtaigne, les deux derniers numéros de la revue de la SIAC, le planning des rencontres de l'Institut supérieur de l'alimentation…

Restait une vingtaine de monographies soigneusement sélectionnées, indispensables à ses conférences. Il soupira. Il devait absolument trouver de la place supplémentaire, il était inenvisageable de partir à Valençay sans ces documents. Il retira de la valise son écharpe, un gilet de rechange, une paire de bretelles et son parapluie mais ne put glisser que la moitié des livrets. Acculé, il décida de sacrifier son pyjama. Cette fois, tout rentrait. Théophile Vernet vérifia que les livres étaient bien à plat et ne risquaient pas d'être cornés ; il tira la fermeture Éclair et poussa un ouf de soulagement.

Il ouvrit le placard et sortit ses souliers afin de les cirer. Tout en étalant la pâte noire et en frottant le cuir pour le faire briller, il s'efforça de recouvrer sa sérénité coutumière. En vain. Bien que l'opération bagages soit réussie, il savait que le plus inquiétant restait à venir : le séminaire lui-même. Le lieu choisi était inespéré, puisque le château de Valençay était l'ancienne demeure du prince de Talleyrand. Le fameux diplomate l'avait réaménagé de la cave au grenier et avait embauché le meilleur cuisinier de l'époque, Antonin Carême, pour régaler ses invités – et lui aussi par la même occasion, car il était fin gourmet. Le jeune chef avait relevé tous les défis, y compris celui de préparer chaque jour, durant une année, un repas et composé uniquement de produits de saison. Soit sept cent trente menus différents !

Chez les professionnels des métiers de bouche, Antonin Carême restait depuis deux siècles la référence ultime, le génie qui avait modernisé la pâte à chou, les pâtés en croûte et les pièces montées, inventé les vol-au-vent, les croquants et les babas au rhum – bref, le fondateur de la cuisine et de la pâtisserie à la française telle qu'on les connaissait et les admirait sur les cinq continents. Il était l'ancêtre de tous les grands chefs, d'Escoffier à Paul Bocuse, d'Alain Ducasse à Thierry Marx, de Guy Savoy à Cyril Lignac. En conséquence, Valençay était le berceau de la cuisine française, y organiser un séminaire sur la gastronomie, c'était comme un concours de chant à la

Scala de Milan, un tournage à Hollywood, des essais de voitures au Mans. Mythique, fabuleux.

Le budget de la SIAC étant modeste, Théophile Vernet n'aurait jamais osé choisir Valençay de lui-même, de peur d'exploser la trésorerie de l'association. Mais lorsque Li Kang, le représentant coréen, avait suggéré ce lieu, il n'avait pas résisté au plaisir d'y organiser le trophée Antonin-Carême. Savoir que les gâteaux seraient cuits dans la cuisinière du grand maître en personne avait quelque chose d'exaltant. Il avait donc contacté le domaine. Le régisseur, un certain Berthoux, s'était montré très obligeant et avait accueilli la proposition du séminaire avec enthousiasme. Le bureau de la SIAC avait approuvé le lieu à l'unanimité, moins une voix. Comme d'habitude. Toujours la même voix, le même empêcheur de tourner en rond, le même malfaisant. Ce maudit Gilles Charpentier.

— Heureusement, tous les méchants disparaissent un jour, souffla Théophile Vernet. Les immortels n'existent qu'à l'Académie française...

Ce séminaire était trop important pour qu'il autorise qui que ce soit à le saborder. Non, non et non, il ne permettrait à personne de détruire un an de travail, de recherches et de préparation. Il saurait museler ce vilain bonhomme.

À quelque deux cents kilomètres de là, dans un trois-pièces parisien, un autre homme préparait ses bagages. Gilles Charpentier ouvrit le tiroir de son bureau et en tira un long coffret plat en carton. Il vérifia une dernière fois que celui-ci contenait bien une liasse de feuilles jaunies enveloppées de papier de soie. Il les considéra avec satisfaction et les porta à son nez, reniflant le parfum fané exhalé par les vieux papiers. Il lui semblait sentir l'odeur de l'argent.

Un ricanement étira sa bouche molle. Ce séjour allait lui rapporter gros. Il referma le carton et le plaça au fond de sa valise. En sifflotant, il ajouta son pyjama, un pull, des slips, des chaussettes, trois chemises, un costume de soirée et sa trousse de toilette. Il recouvrit le tout de sa robe de chambre et d'une paire de charentaises. Ces vieilles bâtisses étaient froides comme la mort et Gilles Charpentier tenait à son confort.

5

Il n'est si bonne compagnie qui ne se réunit

Claudine Imbert se gara au pied de la maison de Violette à 14 heures précises et klaxonna vigoureusement pour avertir la vieille dame de son arrivée. Bien que l'opération fût superfétatoire – qui pourrait bien vouloir lui voler une douille nue ou un tuyau de douche sans pommeau ? –, Violette verrouilla sa porte à double tour et traîna sa valise jusqu'au coffre de la voiture.

Claudine sortit du véhicule pour l'aider à ranger son bagage. En la voyant, Violette retint un cri d'effroi.

— Vous n'avez rien de plus approprié ? demanda-t-elle, le regard braqué sur la doudoune orange de la mairesse.

— C'est ma veste la plus chaude et elle est imperméable, répondit cette dernière en ouvrant le coffre pour y glisser la valise de Violette. Je ne prends aucun risque, la météo annonce des orages tout le week-end.

Une menace subsistait pourtant, pensa Violette : que l'élue soit confondue avec un employé de la voirie. Elle se glissa sur le siège passager et attacha sa ceinture de sécurité.

— Vous n'avez pas de manteau ? marmonna-t-elle.

— J'en ai reçu un ce matin par la poste, mais j'ai eu peur de l'abîmer, il est bien trop beau.

Affligée, Violette leva les yeux au ciel. Elle avait trouvé pour Claudine un paletot bleu marine à carreaux gris et violets, original et sobre. C'était bien la peine qu'elle se donne tout ce mal et choisisse la livraison express en moins de vingt-quatre heures.

— Je me demande d'ailleurs qui m'envoie tous ces vêtements, poursuivit la mairesse en démarrant. Une paire d'escarpins, une robe bordeaux, un tailleur, un sac à main… Ça n'arrête pas depuis un an.

— Il n'y a pas de quoi fouetter un chat. Sûrement des cadeaux Blancheporte.

— Je ne suis pas inscrite.

— La Redoute alors, ou Damart, dit Violette en haussant les épaules.

— Non plus ! Sûrement une erreur, mais comme je ne sais pas à qui les renvoyer, je suis très embêtée. J'ai appelé l'entreprise d'expédition, elle m'assure que c'est la bonne adresse et ne veut rien entendre.

— Alors, profitez-en pour porter ces vêtements tombés du ciel.

— C'est ce que me répète Michel. J'ai cru qu'il s'agissait de cadeaux de sa part, mais il m'a juré que non. Le manteau arrivé ce matin est très chic, mais rien ne vaut cette bonne veste, croyez-moi !

Tant pis pour l'élégance à la française, songea Violette.

Tandis que la voiture serpentait entre les champs pelés, Claudine Imbert décrivit avec enthousiasme son cousin et leurs souvenirs communs. Jean-Paul était régisseur du domaine de Valençay. Tous les deux avaient grandi dans des maisons mitoyennes à quelques kilomètres de

Mouy-sur-Loire. Il l'avait initiée à la pêche aux grenouilles, tandis qu'elle avait rédigé à sa place toutes ses rédactions.

— Il n'aimait pas l'école mais il connaissait chaque essence d'arbre et savait bricoler. C'était lui qui réparait les vélos de tous les gosses du village. Dès qu'il a pu, il est parti en maison familiale rurale suivre une formation de technicien en maintenance. Et puis je me suis mariée, lui aussi, il a déménagé, mais nous ne nous sommes jamais perdus de vue. Depuis que sa femme est décédée, il vient toujours fêter Noël avec nous.

Les vignes remplacèrent les champs de céréales, annonçant Valençay et ses vins. Le château apparut au détour d'un virage, surplombant la route et la gare. Violette fut surprise par les dimensions de la demeure, qu'elle ne connaissait qu'en photo. Ses murs en pierre blanche formaient une tache lumineuse au milieu du vert foncé des frondaisons. Deux tours étaient coiffées d'étonnants toits en ardoise arrondis, semblables à ceux de Chambord. Une grille monumentale fermait l'allée d'honneur. Suivant les instructions données par son cousin, Claudine longea par la gauche le mur d'enceinte pour s'arrêter à un deuxième portail, plus modeste mais d'une taille encore impressionnante. Comme convenu, elle klaxonna et attendit.

Un homme en pantalon de velours et chaussé de hautes bottes apparut derrière la grille. Il l'ouvrit et s'écarta pour laisser la voiture entrer dans la cour, faisant signe à la conductrice de se garer sur le côté. Elle avait à peine ouvert la portière qu'il se précipita, les bras tendus.

— Cousine !

Il saisit Claudine par les épaules, l'embrassa sur les deux joues puis se tourna vers la vieille dame qui s'extrayait du véhicule.

— Et vous êtes madame Laguille ? Vous permettez que je vous appelle Violette ? Ma cousine m'a beaucoup parlé de vous.

— En bien, j'espère, gloussa Violette en tapotant ses boucles blanches.

— Vous vous en doutez, sinon, elle ne m'aurait pas demandé, pardon, ordonné de vous inviter. Allons saluer le directeur, le pauvre bout depuis deux jours. Il faut dire qu'on enchaîne les coups de malchance : après notre juré grippé, la météo annonce pour demain des orages terribles. La route de Romorantin et la ligne ferroviaire risquent d'être coupées. Heureusement que tous les membres de la SIAC et les concurrents sont arrivés ce midi.

Il entraîna ses invitées vers le bâtiment d'accueil installé dans l'ancienne salle des carrosses, qui abritait la billetterie et une boutique de souvenirs. La pièce était haute comme une cathédrale et regorgeait de babioles plus aguichantes les unes que les autres. On pouvait y trouver du miel (du château), des savons à la rose (en rappel de la roseraie du parc), des livres illustrés, des cartes postales, des pièces d'or à l'effigie de Napoléon (en chocolat), des aquarelles (*made in China*), des crayons et des éventails à l'effigie du plus illustre des propriétaires du domaine, Charles-Maurice de Talleyrand-Périgord, le ministre des Affaires étrangères de Napoléon Ier. Violette remarqua une série de très jolies cartes pop-up, dont l'une représentait la façade du monument.

Le directeur avait aligné derrière la caisse une dizaine de sacs en toile estampillés au nom du château, qu'il remplissait de goodies. En entendant le petit groupe entrer, il releva la tête et fit tomber ses lunettes dans l'un des sacs ouverts.

— J'ai suivi vos conseils, Jean-Paul, dit-il en les cherchant à tâtons, tous les membres de la SIAC recevront un stylo, un carnet, un porte-clés, une savonnette, un pot de miel et un beau livre sur l'histoire du domaine. Croyez-vous que je doive ajouter une bouteille de vin ?

— L'association des producteurs appréciera, monsieur.

— Bien, bien. Plutôt du rouge ou du blanc ?

— Certaines personnes digèrent mal le blanc. Le rouge me semble plus approprié, il est léger et s'accorde facilement avec une viande ou un fromage.

— Bien, bien. Et une pyramide de chèvre ?

— Cela ne me semble pas nécessaire, une dégustation est prévue au dîner.

Il ne précisa pas que le fromage de chèvre voyagerait moins bien qu'une bouteille et poursuivit :

— Permettez-moi de vous présenter notre jurée remplaçante, ma cousine Claudine Imbert, et son amie, madame Laguille. Mesdames, M. Cornillon, notre directeur.

Ce dernier avait rechaussé ses lunettes. Il se pencha en avant, manqua perdre à nouveau ses bésicles, les réajusta *in extremis* et serra nerveusement les mains des deux femmes.

— Bienvenue, bienvenue ! Merci de votre présence, mesdames, nous sommes ravis, ravis…

Il recula de deux pas et se gratta la gorge.

— Les adhérents de la SIAC occupent le gîte. Jean-Paul vous a préparé deux chambres dans son logement. Vous y serez très bien.

Le régisseur se chargea des valises de ces dames et les guida jusqu'à un bâtiment long et bas, les anciennes écuries, transformées en habitation.

— On est difficilement plus près de son lieu de travail, dit-il en riant. Je vous ai installées à l'étage, la vue y est encore plus belle : vous verrez le château, les bois et la rivière en contrebas. La salle de bains est au bout du couloir, je vous ai mis des serviettes.

La maison de Jean-Paul était d'une propreté irréprochable. Elle avait conservé ses éléments d'époque, murs en pierre, tommettes et escalier en chêne patiné par des milliers de passage. Une cheminée occupait tout un mur de la cuisine.

— Vous l'utilisez ? demanda Violette, apercevant dans l'âtre des bûches noircies.

— Oui, c'est du boulot mais c'est bien agréable l'hiver et on ne manque pas de bois par ici. Il suffit de se baisser pour en trouver.

Les chambres mansardées étaient peintes au lait de chaux. Chacune était meublée d'un lit ancien en fer forgé recouvert d'une jolie courtepointe fleurie et d'une petite table de nuit en bois surmontée d'une lampe à l'abat-jour en verre coloré. Un rocking-chair et ses coussins attendaient dans un coin de la pièce un futur occupant. *On dirait la petite maison dans la prairie*, pensa Violette en observant le fauteuil à bascule. La petite fenêtre ronde donnait en effet sur le monument et les arbres du parc qui s'étendaient à perte de vue.

La vieille dame posa sa valise sur le lit et déplia ses vêtements. Elle craignait d'avoir froid et avait bourré son bagage de cachemires et de châles mais une chaleur douillette régnait dans la chambre. Le lieu la séduisait déjà. Elle secoua ses lainages, suspendit ses robes, se lava les mains, vérifia son chignon et rejoignit ses compagnons au rez-de-chaussée.

Jean-Paul s'était changé, il avait brossé sa chevelure épaisse et remplacé sa tenue de travail par un costume et une cravate. Claudine le mitraillait de questions sur l'organisation du week-end, auxquelles il répondait patiemment.

— Avec le directeur, vous serez dix jurés, la majorité appartenant à la SIAC, la Société internationale des amis de Carême. Les cinq pâtissiers en lice présenteront chacun une œuvre pour le goûter d'ouverture tout à l'heure, puis un dessert pour le dîner. Ils feront de même pour le déjeuner de demain midi et le dîner de gala. Le lauréat sera désigné dimanche midi.

Violette blêmit.

— Nous devrons manger *cinq* desserts midi et soir ?

— Rassurez-vous, les portions sont minuscules, vous avalerez chacune en deux ou trois bouchées. Les concurrents sont déjà arrivés, ils se sont installés dans les cuisines du château. L'organisation nous a donné un peu de mal, mais nous avons réussi à ménager le chèvre et le chou.

Interloquée, Claudine leva les sourcils.

— Nous avons dû aménager une installation adaptée à un concours de haut niveau tout en respectant les lieux qui sont classés, précisa le régisseur. Une gageure, vous vous en doutez, car les conditions de travail de Carême étaient assez éloignées des standards actuels.

Jean-Paul utilisait la première personne du pluriel, à l'instar du valet de chambre d'un roi. Il connaissait chaque escalier dérobé, chaque moulure du château, chaque arbre, chaque pierre du parc. Son poste de régisseur était celui d'un couteau suisse : il coordonnait les travaux d'entretien et, budget restreint oblige, en effectuait lui-même une large partie. On pouvait le croiser le nez en l'air dans les caves du château, occupé à inspecter une fissure dans le plafond, mais aussi perché sur une échelle devant une fenêtre afin de pulvériser du dégrippant ou encore à genoux dans le bassin, en train de sceller une pierre de la margelle ; fin mai, il aidait le jardinier à tailler les buis ; en pleine saison, il tenait la caisse et jouait le guide d'appoint pour épauler les saisonniers débordés.

— Les membres de la SIAC sont partis en ville visiter l'atelier d'un ébéniste. Voulez-vous en profiter pour découvrir le château ?

— Avec plaisir ! s'écria Violette, qui adorait tout ce qui était teinté de royauté.

— Que c'est beau, chuchota Claudine en pénétrant dans le vestibule du château.

L'impressionnante pièce dallée de noir et de blanc lui faisait prendre conscience du prestige du lieu. Jean-Paul ne l'évoquait guère lors de ses séjours à Mouy, il préférait discuter type de crépi, taille de pierre et maçonnerie avec Michel. Fermé au public jusqu'au printemps, le monument vide apparaissait encore plus imposant. Les œuvres d'art étaient figées dans le silence. Seules les pendules semblaient vivantes, le cliquetis de leurs aiguilles heurtant les murs des salons déserts et muets.

Jean-Paul perçut l'admiration de sa cousine et se rengorgea.

— Vous voyez le château tel que l'a connu Talleyrand, dit-il. Le mobilier n'est pas d'origine mais nous avons pu récupérer certaines pièces exceptionnelles qui ont appartenu au prince, comme son secrétaire, son fauteuil, ou la table du Congrès de Vienne. Venez voir.

Il entraîna ses invitées dans le grand salon où trônait une table ronde en acajou, ornée d'entrelacs en bronze doré et recouverte de feutre vert[1]. Jean-Paul la désigna avec fierté.

— Figurez-vous l'ambassadeur de Prusse, le prince de Talleyrand et le tsar Alexandre Ier assis autour, signant la fin des ambitions napoléoniennes…

Sous le charme, Claudine cligna des yeux. Trois hommes en perruque, culotte moulante et jabot de dentelle s'étaient matérialisés devant elle.

Les pièces étaient étonnamment lumineuses malgré le ciel gris d'hiver ; les salons meublés de fauteuils en velours bleu, orange ou rouge, décorés de lustres étincelants, de tapis usés et de guéridons délicats donnaient envie de s'installer pour lire ou jouer aux échecs. Violette s'approcha des fenêtres pour admirer les jardins et son regard s'arrêta sur une crémone sculptée dont la poignée en bronze figurait une tête de caryatide. Les vitres étaient manifestement d'origine, le verre aussi fin que du cristal gardait de minuscules bulles d'air.

— C'est ravissant, dit la vieille dame.

---

1. Ce meuble est aujourd'hui appelé « table dite du Congrès de Vienne » car son origine a été réfutée, au grand dam de M. Cornillon.

— Tout est d'époque, souligna Jean-Paul. Exceptionnellement, et parce que la SIAC est la plus ancienne société savante liée au château, nous avons mis à sa disposition les salons et la salle à manger. C'est là que vous déjeunerez et dînerez durant ce week-end.

Il jeta un regard à l'horloge en marbre noir posée sur une cheminée.

— Nous poursuivrons la visite demain, les membres de la société ne vont plus tarder. Allons les attendre dans la galerie.

6

L'espoir fait cuisiner

Michel n'avait jamais vécu seul. Il n'avait même jamais passé une nuit seul. Adolescent, il était entré en apprentissage chez un oncle ; son salaire, inexistant, l'avait obligé à rester vivre chez ses parents. Puis son père était décédé et Michel était resté afin de soutenir sa mère. À 19 ans, il avait accompli son service militaire et au retour, alors qu'il s'apprêtait enfin à s'envoler, il avait rencontré Claudine. Les deux tourtereaux avaient convenu de se marier rapidement. Il n'avait pas pris la peine de s'installer en célibataire, préférant attendre de trouver une maison avec sa jeune femme, et il avait sauté du cocon familial au cocon conjugal.

Les années avaient passé, mari et femme avaient pris peu à peu l'habitude de se soutenir mutuellement, l'un gardant la maison lorsque l'autre était au travail. Claudine avait d'abord mis toute son énergie à aider son mari en gérant la paperasse de son entreprise et en assurant le quotidien, Michel partant sur les chantiers à l'aube et rentrant à 20 heures bien sonnées. Devenue premier magistrat de Mouy-sur-Loire, elle avait été happée à son tour par les engagements et c'était Michel qui avait repris la logistique familiale. Dans tous les cas, chacun avait été trop accaparé pour penser à s'offrir une semaine de vacances avec ses propres amis.

Passer un week-end solitaire était donc une expérience inédite pour Michel. Lorsque la voiture de sa femme avait quitté le chemin pour s'engager sur la départementale, il avait poussé un ouf de satisfaction. Enfin seul. Il serait libre de cuisiner tout son soûl, en particulier d'expérimenter la lacto-fermentation. Il avait regardé plusieurs tutos sur YouTube et s'était posé comme défi de réussir ces petites gousses d'ail moelleuses et croquantes dont il raffolait. Les madeleines, la confiture d'abricot, la quiche lorraine et le bœuf bourguignon maison surpassant largement leurs copies industrielles, il était évident que des gousses d'ail marinées dans sa cave seraient sublimes. Forcément sublimes.

Or, si Claudine appréciait les petits plats de son mari, elle se montrait dubitative, voire méfiante, face à ses expérimentations[1]. « Qu'est-ce que c'est ? », s'enquérait-elle en fixant la casserole d'un œil suspicieux. « Tu es sûr que ça ressemble à ça ? Que ça se fait comme ça ? Ça ne doit pas cuire plus longtemps ? Être coupé en rondelles plutôt qu'en cubes ? Mijoter plutôt que braisé ? Au court-bouillon plutôt qu'en papillote[2] ? » Michel, harcelé et excédé, en perdait ses moyens et sa patience. C'était alors sa moitié qu'il rêvait de mettre en papillote et de glisser au four avec du persil dans les oreilles et surtout une pomme dans la bouche pour lui fermer le clapet.

---

1. L'autrice, qui ne vit pas avec Claudine et ne risque pas de subir ses foudres, ose le dire : elle se montre franchement désagréable.

2. Rayer la mention inutile, merci.

Michel aimait beaucoup sa femme. Il l'avait rencontrée au mariage d'une de ses cousines, avec laquelle Claudine avait été en pensionnat à Châteaunoir. Immédiatement, il avait eu le coup de foudre pour cette fille brune aux grands yeux noisette qui riait sans se soucier de son rouge à lèvres et dansait sans craindre de transpirer. Il avait aimé et aimait toujours sa solidité, sa confiance en elle, son honnêteté, son esprit pratique, sa générosité, son énergie. Mais il détestait qu'elle mette en doute ses compétences, et en particulier ses compétences culinaires. C'était d'autant plus vexant qu'elle-même savait à peine décongeler un gigot ! Elle formait bien la paire avec sa copine Violette, infichue de cuire une omelette à 80 ans sonnés.

Pour une fois, il cuisinerait en paix. À lui la lacto-fermentation ! Il descendit à la cave récupérer une douzaine de bocaux et les fit bouillir afin de les stériliser. Puis, avec des gestes d'apothicaire, il éplucha cinq têtes d'ail et les recouvrit de sel. Elles remplirent à peine trois verrines. Tant qu'à faire, se dit-il, autant rentabiliser l'essai. Il sortit une poignée de carottes du frigo et entreprit de les débiter en bâtonnets. Si l'expérience s'avérait concluante, il la renouvellerait avec du chou rouge en lamelles. Claudine détestait le chou mais tant pis, il lui resterait les carottes. Elle adorait les carottes.

Un coup de sonnette le fit sursauter. Il poussa un cri. Le couteau avait dérapé, lui entaillant l'index. Le temps qu'il réagisse, une petite flaque de sang s'était déjà formée sur la planche à découper. Merde, merde, merde ! Il attrapa un torchon et alla ouvrir.

Marie Mousset, une amie de Claudine, se tenait sur le seuil. Ses cheveux châtains, sagement attachés en queue-de-cheval, encadraient son visage de petite fille. Le bout de son nez était rouge de froid.

— Bonjour, Michel, je venais voir Claudine.

— Elle n'est pas là.

— Je repasserai. Elle rentre vers quelle heure ?

— Elle est partie pour le week-end.

Marie écarquilla les yeux.

— Mais... Claudine ne va jamais nulle part ?

— Bon, ben, y a un début à tout, dit Michel un peu sèchement.

Son doigt l'élançait. Il serra le torchon autour de sa main. Claudine ferait une crise s'il collait du sang sur le parquet, ça ne partait pas, ou seulement à la paille de fer et là, il faudrait revitrifier tout le sol de l'entrée, un chantier de chien. Tout sauf ça ! Il s'apprêtait à refermer la porte.

— Claudine est où ? demanda Marie.

La main déjà sur la poignée, il lança avec impatience :

— J'en sais rien, moi.

Et comme la visiteuse, éberluée, ouvrait la bouche, il se reprit :

— Enfin, si, elle est chez son cousin. À Valençay. Tu m'excuseras, je ne t'offre pas de café, je suis occupé en cuisine. À plus tard !

— Tu lui diras que je suis passée ?

— Oui, oui, marmonna Michel qui craignait que ses carottes ne s'oxydent et ne pensait qu'à retrouver ses bocaux. Bonne journée, Marie.

Quelle plaie, ces femmes toujours prêtes à papoter, songea-t-il en regagnant sa cuisine. Le sang avait commencé à coaguler sur la planche. Heureusement qu'elle était en verre, ça se nettoyait bien.

7

Qui recherche le goût ne voit pas les défauts

La cérémonie d'ouverture du trophée Antonin-Carême débutait à 17 heures précises, dans la galerie du château. Située au rez-de-chaussée, à gauche du hall d'entrée, cette longue pièce avait été fermée par une dizaine de portes-fenêtres au début du XXe siècle afin de former une sorte de véranda. Elle était gaie et lumineuse, malgré le temps d'hiver. Deux tables couvertes de nappes en coton damassé et chiffré aux armes de Valençay avaient été dressées et des mignardises plus appétissantes les unes que les autres s'alignaient autour d'une rangée de coupes en cristal. Debout derrière le buffet, un serveur en costume noir attendait les convives.

— Vous avez fait les choses en grand, lança Claudine à son cousin.

— Ce n'est que le goûter d'accueil, une mise en bouche. Attends de voir le dîner, ce sera épatant !

Un brouhaha de voix dans le hall annonça l'arrivée des membres de la SIAC. Huit personnes entrèrent, guidées par M. Cornillon.

Discrètement, Jean-Paul désigna à ses interlocutrices un grand monsieur aux cheveux blancs.

— Théophile Vernet, le président. Il est professeur honoraire à l'université de la Sorbonne et spécialiste de la cuisine du XVIIIe siècle.

Claudine, qui examinait les participants, fronça les sourcils.

— Je ne vois que des hommes. Les femmes sont interdites à la SIAC ?

— Pas que je sache. Le sujet ne les intéresse peut-être pas.

La mairesse suffoqua d'indignation.

— Ça m'étonnerait ! Tout le monde aime la cuisine et nous, les femmes, passons bien plus de temps aux fourneaux que vous. C'est facile de disserter sur la qualité d'un plat quand on n'a jamais tenu une casserole de sa vie !

— Si cela peut te rassurer, l'un des cinq aspirants au trophée Carême est une jeune fille.

— Une sur cinq ? On est loin de la parité, Jean-Paul. Même le Sénat fait mieux.

Trois coups de cloche firent taire les conversations. Les têtes se tournèrent vers l'entrée de la galerie d'où surgirent cinq jeunes gens vêtus de blanc avançant à la queue leu leu avant de s'aligner sagement derrière le directeur. Théophile Vernet les rejoignit à grandes enjambées.

— Mesdames et messieurs, dit M. Cornillon, le domaine de Valençay et toute son équipe sont fiers d'accueillir le cent vingt-huitième chapitre de la Société internationale des amis de Carême. Nous vous remercions de votre confiance et nous espérons que ce week-end vous offrira une expérience inoubliable. Je laisse la parole à M. Théophile Vernet, votre président.

L'historien toussota puis lança d'une voix de stentor :

— Mesdames, messieurs, chers confrères de la société, nous sommes réunis pour désigner le lauréat du trophée Carême. Cette distinction est exigeante, elle oblige son récipiendaire, mais elle nous oblige aussi en tant que jury. Car la société n'existe pas pour elle, mais pour préserver l'avenir de la grande cuisine. Madame, messieurs, jurez-vous de respecter l'esprit de Marie-Antoine Carême ?

— Nous le jurons, répondirent en chœur une demi-douzaine de voix.

Claudine et Violette se regardèrent, ahuries.

— On dirait une assemblée secrète de factieux, chuchota la mairesse à son amie.

— Jurez-vous de déguster en ne vous fiant qu'à vos cinq sens ? poursuivit le président de sa voix de basse.

— Nous le jurons !

— Jurez-vous de distinguer l'artisan le plus habile ?

— Nous le jurons !

Le président se tourna vers les candidats alignés derrière lui.

— Ont été sélectionnés pour cette édition cinq pâtissiers. J'ai nommé : Mathis Leclerc, pâtissier chez *Les Petits Gourmets* à Roubaix. Lili Deviers, pâtissière chez *Marmotton* à Lyon, Léonard Juillet, chef pâtissier du restaurant *La Suite* à Fort-de-France, Jean-Claude Piémontain, second pâtissier à Nice, et Guillaume Pierre, chef de partie au restaurant du *Ritz* à Paris. Messieurs les concurrents, vous aspirez à recevoir la plus haute et plus ancienne distinction culinaire au monde. Jurez-vous de promouvoir la pâtisserie française, de la célébrer sur les cinq continents et de faire respecter son art ?

Les cinq pâtissiers levèrent la main droite en fixant la petite assemblée.

— Nous le jurons.

— Bravo, bravo ! cria Gilles Charpentier en applaudissant.

Le président lui jeta un regard désapprobateur. La cérémonie d'ouverture était un moment solennel ; les manifestations d'enthousiasme n'y avaient pas leur place, et le trésorier le savait.

— Mesdames, messieurs, reprit-il de sa voix caverneuse, je déclare le cent vingt-huitième concours de la Société internationale des amis de Carême lancé.

Le gong résonna à nouveau et les conversations reprirent. Violette abandonna la mairesse pour se rapprocher du buffet. Elle avait toujours éprouvé un faible pour les pâtisseries. Depuis qu'elle avait pris sa retraite de patineuse, elle dégustait petits choux, opéras et paris-brest sans craindre de faire craquer son justaucorps. Elle gardait malgré tout une silhouette de haricot vert car elle détestait cuisiner ; ses repas se résumaient à une tomate coupée en deux et un morceau de poulet grillé ou à une assiette de laitue accompagnée d'un bout de fromage. Les pâtisseries qu'elle s'offrait une à deux fois par semaine à la boulangerie de Mouy-sur-Loire apportaient une pointe de fantaisie à ce régime frugal.

La vieille dame s'empara d'un chou dodu coiffé d'un glaçage rose et croqua délicatement une bouchée. *Restons professionnels*, songea-t-elle en savourant la crème fondante, *analysons ce gâteau*. Il était très réussi. Le glaçage était lisse, pas trop épais, la pâte croustillante sans être sèche. La crème était parfaitement dosée en sucre et parfumée. Elle fronça les sourcils, cherchant à identifier la légère amertume. Une pointe de liqueur de clémentine. *Un délice*, conclut-elle. Elle savoura la dernière bouchée et saisit un mille-feuille de la taille d'une clé USB, décoré d'un aigle en chocolat.

— Ravissant, n'est-ce pas ? gronda une voix dans son dos.

Violette sursauta, manquant lâcher son précieux butin, et pivota sur ses escarpins. Théophile Vernet la fixait en souriant. Sa moustache et son gilet de laine lui donnaient exactement l'air de ce qu'il était : un professeur d'université à la retraite.

— Vous êtes l'un de nos jurés extérieurs, n'est-ce pas ?

— Pas tout à fait. Madame le maire, qui est une amie, m'a invitée à l'accompagner, répondit-elle, retrouvant ses esprits. Vous êtes le président de la Société des amis de Carême ?

— La Société *internationale* des amis de Carême, rectifia-t-il. Nous sommes implantés dans le monde entier.

Du menton, il désigna les autres invités disséminés par petits groupes :

— Tommy Smith vit à Cambridge, Li Kang est venu de Hô Chi Minh-Ville, Dave Higgins, de Washington, notre secrétaire adjoint Carlo Forte, de Naples, et Ernest Peeters, notre secrétaire, est bruxellois. Tous les cinq sont membres du bureau. Nous avons la lourde tâche de choisir le lauréat du trophée Carême, et nous l'annoncerons lundi, lors de notre assemblée générale. Une centaine de membres de la SIAC nous rejoindront, afin de réélire le bureau et de partager leurs travaux.

Concentrée sur le mille-feuille qu'elle rêvait de déguster, Violette écoutait à peine le vieil homme mais le cachait bien. Une compétence rare, qu'elle maîtrisait à la perfection.

— Merveilleux ! s'exclama-t-elle.

Son air pénétré encouragea son interlocuteur.

— La société a été fondée en 1832 et nos premiers correspondants étrangers remontent à 1880. Voyez-vous, lorsque Escoffier a publié ses *Mémoires d'un cuisinier de l'armée du Rhin*[1]...

Sentant qu'elle allait subir l'historique complet de la Société internationale des amis de Carême, Violette résolut de prendre des forces. Elle engloutit discrètement son mille-feuille. Il était aussi bon que beau et meilleur encore que le chou à la crème. Elle retint un gloussement de satisfaction.

— Délicieux, n'est-ce pas ? dit Théophile Vernet de son étonnante voix caverneuse. Ces jeunes gens sont doués, la crème de la crème.

Prise en flagrant délit de gourmandise, Violette rougit et s'empressa de ramener le vieil homme aux préoccupations du jour.

— Dites-moi, comment distinguez-vous les travaux des cinq pâtissiers ?

— Chacun d'entre eux a tiré au sort une couleur dont il marque ses gâteaux. Marron, jaune, rouge, rose et blanc. Nous avons évité le vert, trop criard, et le bleu, peu appétissant. Ce mille-feuille décoré de marron est l'œuvre de Jean-Claude Piémontain, le plus âgé des concurrents. Un garçon qui aurait dû percer depuis longtemps.

---

1. Grand chef cuisinier, Auguste Escoffier est connu pour avoir codifié la cuisine des palaces et des restaurants de prestige. Ce que l'on sait moins, en revanche, c'est qu'il a inventé les tomates concassées en boîte.

— Qu'est-ce qui l'en a empêché ?

Le président écarta les mains d'un geste emprunté.

— Je n'en ai pas la moindre idée. Mais il n'est jamais trop tard, n'est-ce pas ?

— En effet, opina Violette.

Elle était encore sous le charme de la pâte croustillante et légèrement caramélisée qui avait éclaté en mille éclats contre son palais.

Un homme d'une cinquantaine d'années les rejoignit d'un pas nonchalant. Ses cheveux un peu trop longs tombaient sur ses oreilles, lui conférant une allure négligée que son costume gris en mérinos ne parvenait pas à estomper.

Il lança un clin d'œil appuyé au président :

— Alors, Théo, on drague ?

Le rouge monta aux joues du vieil historien.

— Gilles, enfin ! Je vous présente madame…

— Laguille, précisa Violette.

— Madame Laguille, invitée par madame le maire.

Le quinquagénaire se fendit d'une courbette.

— Enchanté !

La vieille dame, qui ne l'était pas, inclina la tête d'un air pincé, tandis que Théophile Vernet poursuivait :

— Gilles Charpentier est notre trésorier et l'un des membres les plus actifs de notre cercle.

— Je vous souhaite qu'il maîtrise mieux les chiffres que la délicatesse, susurra Violette.

En deux phrases, elle avait identifié Gilles Charpentier comme l'un de ces vieux beaux hâbleurs et grossiers prenant un malin plaisir à gêner les personnes plus réservées que lui. Son visage ne lui était pas inconnu. Où avait-elle pu le rencontrer ? Certainement pas à Mouy.

Peut-être à Châteaunoir, ou même à Paris. Elle possédait une mémoire quasi photographique des visages et elle pouvait reconnaître un inconnu croisé deux ans plus tôt dans le métro. Non, ce n'était pas à Paris, se dit-elle en observant la bouche épaisse et les cheveux gominés du trésorier. Du gel, à 50 ans… Le mépris de Violette, qui était déjà haut, grimpa de plusieurs degrés, atteignant un niveau caniculaire. Gilles Charpentier lui répondit d'un regard torve. L'arrivée d'un serveur présentant une bouteille de champagne vint heureusement rafraîchir l'atmosphère.

— Dis donc, Théo, c'est bien toi qui as dégotté ce Marcus van machin ? s'enquit Gilles Charpentier en tendant sa coupe.

— Marcus van Breecht, rectifia le président. Il est premier ténor à Amsterdam.

— Qu'est-ce qu'il fabrique ici ? Il n'est pas membre de notre association.

— Le directeur du château tenait à nous faire découvrir le petit théâtre des princes d'Espagne, qui vient juste d'être rénové. Il a invité Marcus van Breecht à s'y produire demain soir.

— Bizarre, son visage me dit quelque chose mais ce nom ne me dit rien. Tu le connais d'où ?

— Il a les meilleures références, il est venu à la demande de Mary Goldsmith, la soliste invitée. La malheureuse a été victime d'un accident de voiture la semaine dernière. C'était une catastrophe ! Voyant le désarroi de M. Cornillon, elle a prié Marcus van Breecht de la remplacer.

— Espérons qu'il sache mieux vocaliser que se coiffer. On dirait qu'il porte une perruque.

Irrité, Théophile Vernet redressa le menton.

— Nous avons beaucoup de chance qu'il se soit libéré pour nous, il a accepté de venir parce que Mary est une amie.

Sentant la discussion devenir grinçante, Violette s'éloigna vers le buffet, sa flûte remplie à la main. Le (ou la) pâtissier avait confectionné des dômes parfaits, brillants comme des miroirs, ornés d'une écorce confite découpée en forme d'étoile. Li Kang et Dave Higgins, les représentants respectifs de la SIAC en Corée et aux États-Unis, les auscultaient du regard en murmurant.

— C'est ravissant, n'est-ce pas? lança Violette.

Voilà que je me mets à parler comme le président de la SIAC, songea-t-elle. Les deux hommes relevèrent la tête et lui jetèrent un regard choqué. Les cheveux gris taillés en brosse de Dave semblèrent se hérisser un peu plus sur son crâne.

— Les étoiles ne sont pas de la même taille sur toutes les tartelettes, dit Li. Celle-ci est plus grande que celle-là.

— Et les branches ne sont pas régulières, ajouta Dave. On a affaire à un débutant. Ou un négligent.

— Le candidat mérite un 12. Pas plus.

Violette, qui venait de croquer dans une tartelette, manqua s'étrangler avec sa bouchée. De sa vie, elle n'avait jamais goûté de mousse aux fruits aussi fine et parfumée et elle aurait octroyé des deux mains un 25/20 à l'auteur de cette petite merveille.

— Espérons qu'il travaille mieux ce soir, grogna Dave.

— Oui, espérons, souffla Violette.

Elle qui doutait si peu d'elle-même se prit brusquement à s'inquiéter de son aptitude à distinguer une pâtisserie fine d'un muffin industriel.

Debout devant le buffet, Marc Cornillon observait les petits fours d'un air hésitant. Existait-il un ordre de dégustation, et si oui, par lequel devait-il commencer ?

— Vous craignez pour votre ligne ? lança une voix goguenarde.

Le directeur sursauta, comme pris en flagrant délit. Se retournant, il se trouva face à Gilles Charpentier. Le trésorier de la SIAC avait la bouche pleine et des miettes de pâte caramélisée sur la chemise.

— Je... Heu... Eh bien...

— Eh bien quoi ?

Transpercé par le regard narquois du trésorier, le malheureux M. Cornillon était au supplice. Il maudit son adjoint qui l'avait poussé à intégrer cet aréopage de critiques gastronomiques. Il n'avait accepté ce rôle que pour le bien du château ; il mangeait par habitude et ne s'était jamais soucié du contenu de ses assiettes.

— C'est la première fois que je suis juré, bredouilla-t-il. J'ignore quelles sont les règles.

— Elles sont simples. Mangez !

Joignant le geste à la parole, Charpentier empila deux éclairs l'un sur l'autre et les goba comme une poignée de cacahuètes.

— Savourez ces crèmes dont l'onctuosité a le goût de l'innocence.

Il jeta un regard en biais par-dessus son épaule et étouffa un ricanement.

— Mais... Comment discerner le meilleur ? demanda le directeur.

Le trésorier s'était déjà retourné vers la table et avait saisi un mille-feuille.

— Peu importe, tous les pâtissiers se valent.

Il engloutit le gâteau avec une mine satisfaite et lança :

— Ceux-là sont mes préférés. Dommage que leur créateur soit un pauvre type.

Il tourna les talons sous les yeux effarés de M. Cornillon et s'en alla rejoindre le correspondant coréen.

8

Qui trop boit mal réfléchit

Jacky Mousset terminait son deuxième whisky de la journée, vautré devant une course de Formule 1, lorsque sa femme rentra. Il n'y prit pas plus garde qu'à une mouche voletant dans la pièce. Marie Mousset était d'une discrétion de souris. Tout le bourg se demandait comment elle résistait à un mari susceptible d'obtenir une médaille régionale dans deux catégories, celle du plus gros exploitant forestier et celle du pire goujat. Mais cette fois, elle osa interrompre la séance d'adoration de Jacky et couvrir de sa voix celle du commentateur sportif.

— C'est quand même bizarre, dit-elle en s'asseyant face à son mari.

Il monta le son mais elle insista.

— Je ne comprends pas ce qui se passe.

— Quoi donc? grommela-t-il, l'œil rivé sur la voiture numéro 18 qui amorçait magnifiquement le dernier virage.

— Je reviens de chez les Imbert, Claudine m'avait demandé de passer cet après-midi, et elle n'était pas là.

— Elle a le droit de pisser sans te prévenir.

— Michel m'a dit qu'elle est absente pour le week-end.

Son mari, qui était un féroce opposant politique de Claudine, ricana.

— Elle se la coule douce, la mairesse ! J'ai toujours dit que c'était une bonne à rien !

Il ajouta avec un air gourmand :

— Si ça se trouve, Michel l'a zigouillée.

— Ne dis pas de bêtises ! s'exclama Marie, choquée.

— Ben quoi ? Ce serait un bon débarras, elle cesserait de régenter la ville comme une impératrice et de nous casser les pieds.

— Tu es odieux !

La dernière voiture venait de franchir la ligne d'arrivée et c'était un Anglais qui avait gagné. Satanés Rosbeefs. Sans se préoccuper de son épouse traumatisée, Jacky avala sa dernière gorgée de whisky et se leva.

— Je vais au parc d'attractions vérifier les barrières. La météo annonce de l'orage sur toute la région, s'agirait pas que les sangliers bousillent les pistes.

Il avait ajouté à son activité d'exploitation forestière celle d'un lieu de loisir dont il était très fier et dont il espérait beaucoup. Les bénéfices se faisaient désirer, mais Jacky pouvait se permettre d'attendre : le « parc d'attractions », comme il l'appelait, ne lui avait pas coûté grand-chose, il l'avait construit sur une parcelle inexploitable et en utilisant des matériaux récupérés à droite et à gauche sur des chantiers ou à la déchetterie. Investir au minimum et faire payer le client au maximum, telle était la règle économique appliquée par Jacky Mousset.

Il s'échappa avant que sa femme ne lui rappelle qu'il avait bu et qu'il n'était pas très prudent de conduire avec un demi-gramme dans chaque poche. Mais pour une fois, Marie Mousset était trop absorbée par ses pensées pour s'en préoccuper. Michel semblait si nerveux ! Et si Claudine l'avait quitté ? Ce serait affreux ! Elle en eut les larmes aux yeux. Claudine avait peut-être besoin d'aide ! Et elle était si fière ! Elle n'était pas du genre à s'épancher…

L'inquiétude donna des ailes à la femme de Jacky. Elle saisit son téléphone et appela son amie. La messagerie se déclencha immédiatement.

— Claudine, bredouilla-t-elle, c'est Marie. Rappelle-moi dès que tu as ce message, merci, je t'embrasse.

La mairesse se demanderait certainement ce qui motivait une telle urgence, elle se moquerait peut-être de sa panique. *Il sera bien temps d'inventer un prétexte quand elle m'appellera*, se dit Marie.

Deux heures plus tard, Jacky était rentré. Il sirotait un nouveau verre de whisky, les pieds sur les chenets, pendant que Marie tricotait. Régulièrement, elle tournait les yeux vers le téléphone posé sur le guéridon à côté d'elle, comme si elle avait le pouvoir de le faire sonner. Claudine ne l'avait pas rappelée.

9

Ferveur de jurée ne dure pas longtemps

En regagnant le logement de Jean-Paul après la cérémonie d'ouverture, Violette Laguille était partagée entre l'enthousiasme et le fou rire.

— Si on m'avait annoncé que je vous verrais un jour prêter serment au-dessus d'un plat de petits choux, je ne l'aurais pas cru, dit-elle à la mairesse.

— Moi non plus ! Mais qu'est-ce qu'ils étaient bons ! Pour des gâteaux aussi succulents, je jurerais n'importe quoi ! Michel sera fou de jalousie quand je lui raconterai notre week-end. Violette, aviez-vous déjà goûté de tels délices ?

La vieille dame s'apprêtait à avouer que non, bien qu'elle eût mangé dans les meilleurs restaurants du monde, lorsqu'elle manqua heurter le directeur qui traversait le hall, plus agité que jamais. Il tirait sur son nœud papillon et paraissait à deux doigts d'éclater en sanglots. Pleine de sollicitude, Claudine lui demanda s'il avait des soucis.

Il lui jeta un regard éperdu.

— La série de catastrophes continue. L'un des serveurs a glissé dans l'escalier des cuisines et s'est foulé le genou. Comment allons-nous faire pour le dîner assis avec les jurés ? Et j'ai à peine eu le temps de goûter les pâtisseries ! Comment vais-je parvenir à évaluer les candidats ?

— Ne vous tracassez pas pour ça, rétorqua Claudine.

Elle tira un petit carnet de son sac et l'agita :

— Tout est là. Vous n'aurez qu'à vous baser sur mes notes.

— Merci, merci ! Mais pour le dîner ? Il y a urgence, nous servons d'ici à une heure ! Douze personnes, trois plats, les vins, les desserts !

Sa voix s'élança dans les aigus puis retomba dans un sanglot.

— Impossible de se contenter d'un seul serveur, la moitié de la tablée mangerait froid !

— Vous avez bien un peu de personnel ? Prenez le premier employé qui vous tombe sous la main ! Un guide, un agent d'accueil, la femme de ménage...

— Nous sommes hors saison, nous n'avons pas de guides. Ni de femmes de ménage. Jean-Paul et moi faisons la poussière tous les lundis.

Stupéfaite, Claudine écarquilla les yeux.

— Ma parole, votre budget de fonctionnement est encore plus réduit que le mien ! Vous entretenez aussi le parc vous-même ?

Le visage de M. Cornillon s'illumina.

— Un jardinier ! Nous avons les jardiniers ! Magnifique idée, merci madame Imbert !

Il partit à toutes jambes vers les communs.

— Décidément, dit Violette, Valençay est une ville dangereuse pour la santé. D'abord, le maire grippé, ensuite un serveur blessé… À quand une noyade ou une morsure de chien ?

— Pas avant le dîner j'espère, d'après Jean-Paul, il sera phénoménal !

L'estomac de Violette émit un gargouillis à l'évocation d'un nouveau repas. Elle avait rempli consciencieusement son rôle d'observatrice en goûtant des gâteaux de toutes les couleurs, mais elle n'était pas certaine de pouvoir en avaler plus. En revanche, le dîner était « habillé » et la vieille dame en était ravie. Il y avait si longtemps qu'elle n'avait pas porté de robe longue !

Comme si elle avait lu dans ses pensées, Claudine marmonna :

— Tant pis pour la robe longue, je n'en ai pas. Ces messieurs me prendront comme je suis.

— Rassurez-vous, dit Violette, vous serez parfaite.

Une heure plus tard, elle frappait à la porte de son amie. Claudine tuait le temps en lisant un roman policier emprunté dans la bibliothèque de son cousin. Elle posa le livre sur son lit et ouvrit. Violette était superbe, ses cheveux blancs remontés en chignon. Sa longue robe d'un bleu intense était parfaitement assortie à ses boucles d'oreilles en diamant.

— Tenez, enfilez ça, dit-elle à la mairesse en lui tendant une masse de tissu rouge et soyeux.

— Qu'est-ce que c'est ?

— Je me suis commandé une tenue quand vous m'avez expliqué jeudi que le dîner était habillé, et j'en ai choisi une pour vous. Je me doutais que vous n'auriez pas le temps de vous occuper de ce genre de détails.

— Mais vous ne connaissez pas ma taille !

— 42 pour les hauts, 44 pour les bas. J'ai l'œil.

Claudine Imbert se figea.

— L'expéditeur mystère de ces vêtements qui arrivent dans ma boîte aux lettres, ce ne serait pas vous, par hasard ?

La vieille dame ignora la question.

— Je vous laisse vous habiller, dit-elle en se glissant dans le couloir, je vais me repoudrer.

En croisant sa silhouette dans les miroirs du grand salon, Claudine Imbert oscilla entre la fierté et la gêne. Elle, une élue de la République, habillée comme la reine d'Angleterre ! Violette Laguille avait vu juste : le décolleté en V drapait son buste à la perfection et la couleur bordeaux mettait en valeur son carré de cheveux gris. Si Michel la voyait… Ni le bal du 14 Juillet ni la cérémonie des vœux ne lui offriraient l'occasion de porter à nouveau une telle robe. Une pointe de regret lui serra la poitrine. Elle la chassa de toutes ses forces. Mieux valait savourer l'instant présent, il ne se représenterait pas.

Jean-Paul Berthoux, qui discutait près de la cheminée avec un homme chauve et doté d'une barbe de nain de jardin, l'invita à les rejoindre.

— Claudine, je te présente Ernest Peeters, le secrétaire de la SIAC. C'est notre correspondant belge.

Elle serra une main tavelée. S'il était exclusivement masculin, le cercle des adorateurs de Carême présentait aussi une moyenne d'âge largement supérieure à celle de la population. Seul Carlo Forte, qu'elle avait identifié à son accent comme le correspondant italien, semblait avoir moins de 40 ans. Ernest Peeters s'enquit avec bonne humeur des premières impressions de la mairesse.

— Je trouve ce trophée stupéfiant, avoua-t-elle. Les concurrents cuisinent *vraiment* au feu de bois ?

— Absolument. La raison d'être de ce prix est de perpétuer la mémoire de Carême et son habileté culinaire. On la perçoit d'autant mieux en pratiquant ses conditions de travail.

Par-dessus l'épaule de Claudine, Jean-Paul aperçut un homme entrant dans le salon et lui fit un signe de la main.

— Claudine, connais-tu Marcus van Breecht, qui vient de Hollande ? Marcus est ténor, il se produit à Milan, New York, Berlin, partout. Il chantera spécialement pour nous demain soir dans le petit théâtre à l'italienne.

Marcus s'était approché. Il s'inclina poliment.

— Madame.

Claudine l'observa avec intérêt. C'était la première fois qu'elle rencontrait un chanteur d'opéra.

— Quel beau métier vous exercez !

— Merci, chère madame.

Elle ne put réfréner sa curiosité.

— Est-ce que vous buvez du miel avant de chanter ?

Marcus van Breecht sourit.

— Non, je me gargarise à l'eau chaude additionnée de bicarbonate. Le goût est moins agréable...

— En effet, dit Claudine en esquissant une grimace.

— Mais c'est très efficace pour décongestionner la bouche et la gorge avant un tour de chant.

— Vous êtes devenu chanteur par passion ?

— Plutôt par hasard. Je suis né au bon endroit. Toute ma famille joue d'un instrument, mes deux parents étaient violonistes et moi, j'aimais les accompagner en chantant. Lorsque j'ai eu 6 ans, mon père a décidé de m'inscrire dans un chœur. J'ai eu la chance de garder une belle voix après la... Comment dites-vous en français ?

— La mue ?

— Voilà. Après le lycée, je suis entré dans les chœurs du *Dutch National Opera*. J'ai été repéré et j'ai été nommé soliste. Comme vous le voyez, mon parcours est très simple.

Tout en parlant, le chanteur caressait machinalement le marbre de la cheminée à laquelle il était accoudé.

— Vous parlez très bien français, s'extasia la mairesse.

— Je n'ai pas de mérite. Nous autres, artistes lyriques, trichons un peu ! Nous chantons en français, en allemand, en italien, nous baignons dans les langues étrangères. J'ai beaucoup joué Lully, il est très apprécié aux Pays-Bas. Et puis Bizet, évidemment. *Carmen*. Le plus bel opéra du monde.

Claudine Imbert, qui ne connaissait les deux compositeurs que de nom, opina du chef avec un enthousiasme légèrement forcé avant de s'esquiver.

Marcus van Breecht se détourna vers l'assemblée qu'il examina d'un œil perplexe. Tous ces gens étaient donc réunis pour manger et parler nourriture durant deux jours ? Personne n'aurait imaginé ça dans aucun des pays qu'il avait traversés, pas même les Italiens. Les Français l'étonneraient toujours.

Trois mètres plus bas, dans les cuisines du château, l'humeur était moins cordiale. Les cinq finalistes du trophée Carême se bousculaient autour de la longue table en bois, en essayant de ne pas s'écraser les orteils et surtout, de ne pas se mordre. La règle était stricte : les concurrents avaient le droit d'utiliser seulement les ustensiles présents dans la cuisine d'Antonin Carême. Le batteur, le mixeur, le four à vapeur étaient interdits. L'inox et le plastique également. Le seul moyen de cuisson disponible était une gigantesque cuisinière en fonte alimentée au charbon. Les concurrents étaient prévenus, bien sûr, mais en découvrant leur installation, ils avaient blêmi. On leur avait laissé la matinée pour s'entraîner à maîtriser le four.

Si la confection du goûter s'était déroulée dans le calme, celle des desserts faisait monter la tension. La pièce était vaste mais malcommode, la table était trop basse, les casseroles en cuivre trop lourdes. Chacun devait réaliser pour le dîner un classique de la pâtisserie réadapté avec des fruits de saison. Or, on était en plein hiver. Le défi était de taille. Léonard Juillet préparait un paris-brest aux noix, Lili Deviers un fraisier aux agrumes et Guillaume Pierre une tarte fine aux oranges amères. Face à eux, Jean-Claude Piémontain avait choisi de confectionner un marronnier et Mathis Leclerc, une tarte aux pommes et aux amandes. Enfermés ensemble depuis 9 heures du matin, les cinq concurrents peinaient à conserver leur calme.

— Je t'emprunte le fouet deux minutes, dit Guillaume Pierre en saisissant l'instrument des mains de Lili Deviers.

— Mais…

Un claquement de cuillères et de casseroles étouffa la protestation de la jeune femme. Elle était la seule fille du groupe, et la plus jeune, et les quatre autres le lui faisaient ressentir. Elle s'efforça de rester concentrée. *Ne pense pas à Guillaume Pierre qui croit tout savoir, ni à Jean-Claude*

Piémontain qui est plus fort que nous quatre réunis, se dit-elle. *Si tu es là, c'est que tu l'as mérité et tu vas le leur prouver.*

D'un clignement de paupières, elle chassa les larmes qui pointaient au bord de ses yeux et chercha du regard par quel ustensile remplacer le fouet. Elle devait monter sa crème fouettée et le temps était compté. N'importe quoi ferait l'affaire. Mathis Leclerc utilisait déjà le deuxième fouet. Si seulement les règles du concours l'avaient autorisée à apporter son propre set d'ustensiles ! Les lèvres tremblantes, Lili Deviers prit une paire de fourchettes et se mit à battre la crème fraîche comme une forcenée.

— Tu vas te péter le poignet, dit Léonard Juillet.

Je ne peux pas m'arrêter, songea Lili Deviers en serrant les dents. La douleur irradiait tout son avant-bras. L'air dégagé, Guillaume Pierre touillait son coulis d'un fouet négligent.

— T'es un beau salopard, lui souffla Léonard Juillet. Tu pouvais prendre une cuillère !

— Et toi, tu te casses le cul pour rien, t'as aucune chance de remporter le trophée. T'as déjà vu un n*** chef pâtissier[1] ?

Léonard Juillet se détourna sans répondre et ouvrit le frigo pour sortir une nouvelle motte de beurre. *Le temps de le ramollir, je vais l'avoir dans le baba*, songea-t-il, rageur, *je n'aurai plus le temps de faire mes fleurs en caramel.* Le cul-de-poule empli de beurre, qu'il avait laissé deux heures plus tôt à température ambiante, s'était volatilisé. C'était sûrement un coup de Guillaume Pierre, ce mec n'avait ni foi ni loi.

1. L'autrice ne pouvant cautionner les injures racistes, elle laisse l'insulte à l'appréciation du lecteur.

Léonard était arrivé de Fort-de-France la veille et il s'était bourré de cachets pour résister au décalage horaire. Son billet d'avion avait été payé par la Chambre de métiers de Fort-de-France qui misait sur lui pour faire rayonner le savoir-faire des artisans de l'île. La Martinique, cette éternelle oubliée des Métro... Conscient des espoirs qui l'entouraient, Léonard était résolu à gagner. Il ne se laisserait pas démonter par Guillaume Pierre. Plutôt crever que décevoir sa mère et ses camarades.

À l'autre bout de la pièce, Jean-Claude Piémontain, dit JC, avait démoulé sa génoise et la découpait en trois tranches. Silencieux et concentré, il maniait la lyre comme un laser. Chaque disque devait présenter une épaisseur absolument égale. Ce concours était sa dernière chance. Il avait 43 ans. Un vieillard dans le milieu, où l'on débutait à 15 et l'on s'installait à son compte à 25. Vingt-trois ans d'expérience derrière les fourneaux et il en était là, à se battre contre quatre gamins qui avaient l'âge d'être ses enfants. Ou ses apprentis. Des gosses comme ceux qu'il formait depuis plus de vingt ans.

Les trois disques étaient parfaitement identiques. JC reposa la lyre et s'essuya le front d'un revers de manche. Maintenant, la crème. Le plus délicat était de bien répartir les éclats de marron glacé dans la garniture. Une fois le gâteau fourré et monté, JC en découperait les bords en feston. Un travail d'orfèvre, mais pour le trophée Carême, la présentation était aussi importante que le goût et la texture. Chaque pâtisserie devait être un régal pour les cinq sens. Il esquissa un petit sourire en entendant Guillaume Pierre s'agiter derrière lui. Lui-même était vieux, il était plus lent, mais il avait l'expérience.

Et il était patient. Très patient. Il commença à remplir sa poche à douille.

Mathis Leclerc ne disait rien non plus. Il se pinçait pour être sûr qu'il était bien là, en train de disputer le trophée Carême face à Guillaume Pierre, ce petit génie de la pâtisserie, et à JC, une pointure. *J'ai un bol de malade*, se répétait-il. Lili Deviers et Léonard Juillet l'impressionnaient moins. À deux ou trois ans près, ils avaient son âge – même si, pour un artisan de 20 ans, trois ans de plus peuvent faire la différence. Tout dépend de la maison où on a été formé. Mathis Leclerc travaillait aux *Petits Gourmets*. Il y avait appris la précision. Chaque gâteau servi devait être le clone des autres. Pour la présentation, il ne craignait personne. La maîtrise de la texture, en revanche, l'inquiétait davantage. Là, c'était l'expérience qui parlait, et JC, qui était le plus âgé, serait clairement le meilleur. Mathis Leclerc n'avait pas pu choisir ses fruits, et les pommes lui semblaient un peu aqueuses. Si elles pissaient à la cuisson, la pâte serait fichue. À moins que… Mais oui, il pouvait les givrer ! La manœuvre emprisonnerait le jus des fruits et la tarte serait encore plus belle. Ravi de son idée, il saisit le pot de sucre.

Un serveur en costume noir qui entrait dans l'arrière-cuisine un plateau en argent à la main manqua se heurter à Guillaume Pierre.

— Pouvez pas regarder où vous allez, grogna le pâtissier en redressant *in extremis* sa plaque de pâte feuilletée.

— Pardon monsieur.

Dommage que ce gars n'ait pas flanqué sa pâte par terre, pensa Lili Deviers. Une étincelle de haine enflamma ses yeux bleus, qu'elle dissimula en baissant la tête.

Dans le salon, l'ambiance se réchauffait peu à peu. M. Cornillon soufflait. La série de catastrophes semblait enrayée. Il avait convaincu l'un des jardiniers d'enfiler une chemise et un costume pour jouer les serveurs ; le goûter s'était bien passé ; la flambée réchauffait la pièce ; le dîner était en route ; les membres de la SIAC appréciaient le vin blanc berrichon. Il bénissait la débrouillardise de son régisseur et le dévouement de Claudine Imbert, grâce auxquels le jury avait pu être complété. Un maire en valait bien un autre... En plus, une femme, c'était très bien, le milieu gastronomique était réputé pour son machisme et il aurait été chagriné qu'on associe son cher Valençay à ce triste égarement.

Le directeur s'apprêtait à convier tout le monde à le suivre vers la salle à manger lorsque Jean-Paul s'approcha.

— Monsieur, Gilles Charpentier n'est pas là.

M. Cornillon ajusta ses lunettes et balaya des yeux l'assemblée, en quête de la silhouette trapue du célèbre critique gastronomique.

— En effet. Il n'a pas dû entendre la cloche.

— Je vais le chercher.

Le régisseur revint dix minutes plus tard. Son teint tanné par le soleil avait pâli.

— Monsieur, souffla-t-il à l'oreille du directeur, nous avons un problème. Je crois que nous allons avoir besoin d'aide.

Avant que M. Cornillon, désorienté, ne réagisse, Violette, qui discutait avec lui, posa sa main sur le bras du régisseur.

— Je vous accompagne.

— Je ne suis pas sûr..., commença Jean-Paul.

— *Tut, tut*, j'ai l'habitude des situations délicates. Allons-y.

Le régisseur jeta un regard autour de lui. Les convives discutaient en petits groupes, personne ne semblait faire attention à eux.

Il entraîna discrètement Marc Cornillon et Violette Laguille vers les communs.

10

Il n'y a pas de poisson sans arête

Gilles Charpentier était avachi dans un fauteuil. Les yeux grands ouverts, mais totalement immobile dans la pénombre.

— Vous êtes sûr qu'il est mort ? souffla M. Cornillon.

Il s'était avancé à pas de loup dans la chambre du trésorier, comme s'il craignait de le réveiller. Gilles Charpentier n'avait pas bougé un orteil, mais le directeur restait figé entre la porte et le fauteuil, osant à peine le regarder.

Le régisseur hocha la tête.

— Certain. D'abord, j'ai frappé, puis j'ai appelé. Comme il ne répondait pas, je me suis permis d'ouvrir la porte. J'ai appelé à nouveau, il n'a pas bougé, alors je me suis approché, je l'ai secoué, doucement, puis plus fort et voyez le résultat... Pas plus vif qu'une bûche.

— Il est bien mort, dit Violette Laguille en tâtant le poignet moite du trésorier.

Hébété, le directeur se cacha le visage entre les mains.

— Mon Dieu, cette fois, c'est la catastrophe, la vraie. Dire que j'ai cru que tout allait bien ! Après la grippe du maire, le serveur blessé et la météo exécrable, nous avons un décès ! Il faut appeler les pompiers, la gendarmerie !

Il recula d'un pas, heurta une commode, manqua s'excuser, puis se tourna vers le régisseur et bredouilla :

— Que vont penser nos invités ? La moitié des membres de la SIAC écrit des chroniques dans des journaux ! Que vont-ils dire de nous ? Nous qui espérions faire connaître le château... Quelle publicité, mon Dieu, quelle publicité !

— Il n'y a rien à dire à personne, coupa Violette Laguille. Les pompiers n'interviennent pas pour un cadavre. Laissez Dieu et la gendarmerie où ils sont, et venez annoncer le dîner. Le trophée Carême est en jeu.

— Mais nous ne pouvons pas laisser cet homme là !

Violette haussa les épaules.

— Il ne se sauvera pas et vu la température, il supportera bien quelques heures de plus dans son fauteuil.

— Ce n'est pas légal !

— Qui saura que vous l'avez trouvé avant le dîner et pas à l'heure du petit déjeuner ?

— Vous, balbutia le directeur.

— Et je n'ai aucune raison de le dire.

Elle se tourna vers le régisseur silencieux.

— Et vous, Jean-Paul ?

Le régisseur se gratta le nez et resta muet. La vieille dame saisit le bras de M. Cornillon.

— Vous voyez ? Jean-Paul est une tombe. Il appellera le médecin demain matin.

— Mais le président doit être averti...

— Pour lui couper l'appétit ? Hors de question. Expliquez-lui simplement que Charpentier a mangé comme un goinfre au goûter et préfère sauter le dîner pour être en forme demain. Installons confortablement ce monsieur sur son lit et retrouvons les autres avant qu'ils ne se mettent à vous chercher ou à hurler de faim.

— Je ne peux pas traiter le trésorier de la SIAC de goinfre.

— Soit, dites qu'il se sent barbouillé. C'est assez proche de la réalité, n'est-ce pas ?

En quittant la chambre, Violette jeta un dernier regard au corps bedonnant allongé dans la pénombre. Mourir le soir de l'ouverture d'un concours de pâtisserie correspondait bien à ce glouton. Peut-être trop bien.

Plus tard, M. Cornillon racontera avoir vécu cette soirée dans un brouillard. Il avait aidé le régisseur à allonger le mort sur son lit, puis il avait fermé la chambre à clé, rejoint les sociétaires dans le petit salon et les avait conviés à passer à la salle à manger. Claudine Imbert, qui ne se doutait de rien, lui avait posé mille questions sur les origines et les modalités du trophée Carême ; il l'avait réorientée vers Théophile Vernet, qui avait enfourché avec fougue son dada.

Le directeur s'était assis comme un automate sur la chaise que lui avait indiquée Violette Laguille, et lorsque le serveur lui avait proposé du vin, il avait vidé son verre en deux gorgées. Il buvait seulement lors des grandes occasions ou des repas de famille. Trouver un cadavre était une grande occasion, le saisir par les pieds pour le placer sur son lit, également. D'un geste de la main, il avait fait signe au serveur de remplir à nouveau son verre.

Une rasade de blanc effaça ses angoisses. Charpentier avait certainement été victime d'une crise cardiaque. La poisse, se répétait le directeur, c'était que ce misérable avait choisi *son* château pour mourir. Une bouffée de colère lui monta à la tête.

Théophile Vernet le fixait d'un air curieux.

— Vous semblez préoccupé, monsieur le directeur.

— Pas du tout, pas du tout ! s'écria ce dernier en se reculant brusquement contre son dossier.

L'aide-jardinier venait de poser, ou plutôt, de lâcher devant lui une assiette de terrine de lièvre et sa chemise avait évité de peu une giclée de sauce.

— Comment trouvez-vous Valençay, cher monsieur ?

Le président de la SIAC toussota.

— Magnifique, mais je le connais bien, vous savez, je l'ai visité une dizaine de fois.

— C'est vrai, c'est vrai, bredouilla M. Cornillon. Mais cette année, nous accueillons un chef-d'œuvre, le clou de l'exposition qui se tiendra à la réouverture de la saison en mars et qui rassemblera les trésors oubliés du domaine.

Claudine Imbert tint à prouver qu'elle avait bien retenu ses leçons.

— Comme la table du Congrès de Vienne ?

— Oh, non, non, chère madame, il s'agit de pièces bien plus originales, et celle à laquelle je pense possède une histoire rocambolesque.

Le correspondant coréen, qui semblait ailleurs depuis le début du repas, fixa le directeur d'un œil intéressé.

— De quoi parlez-vous exactement ?

Emporté par le sujet et ses deux verres de vin, M. Cornillon oublia sa timidité maladive.

— Cet objet est l'un des plus beaux exemples d'orfèvrerie… et d'escroquerie. Je veux parler de la tiare en or de Saïtapharnès.

« Un beau jour de 1896, expliqua-t-il, deux marchands d'art présentèrent au conservateur et au directeur du Louvre un lot d'objets anciens en or, parmi lesquels figurait une tiare richement sculptée et ornée d'une inscription en grec ancien. Elle avait été exhumée sur les rives de la mer Noire, et tout portait à croire qu'elle avait appartenu au roi scythe Saïtapharnès. La mode était à l'Antiquité et les grands musées se battaient pour enrichir leurs collections, recherchant les objets non les plus intéressants scientifiquement, mais les plus tape-à-l'œil et susceptibles d'attirer le public[1]. La tiare était constituée d'une seule feuille d'or repoussée. Les experts du Louvre parlèrent de "monument d'orfèvrerie". Persuadée d'être face à une pièce exceptionnelle, la direction du musée l'acheta pour cent cinquante mille francs[2] – une somme vertigineuse pour l'époque, l'équivalent de soixante millions d'euros actuels – et en fit le clou d'une exposition.

« Mais quelques mois plus tard, des voix dissonantes s'élevèrent : la fameuse tiare était en trop bon état pour avoir traversé vingt et un siècles, les motifs représentés faisaient tiquer plusieurs spécialistes… Et pour

1. Notons que les choses n'ont pas changé, même si l'intérêt des objets recherchés apparaît de plus en plus hermétique aux non-initiés.

2. Un kilogramme de charbon valant cinq centimes de franc en 1890, la tiare valait trois tonnes de charbon.

cause : l'objet était un faux, fabriqué par un excellent orfèvre russe, Israël Rouchomovsky. La controverse autour de la tiare avait pris une telle ampleur qu'elle était parvenue jusqu'aux oreilles de cet artisan d'art qui vivait à Odessa. Horrifié à l'idée d'avoir participé malgré lui à l'escroquerie du siècle, le brave homme vint à Paris pour rencontrer les responsables du musée. Il leur expliqua avoir créé ce fameux trésor historique pour un client qui lui avait commandé un “cadeau destiné à un ami archéologue”. Bien qu'il ait apporté ses notes et ses dessins préparatoires, il eut un mal de chien à faire comprendre aux huiles du Louvre qu'ils exposaient un magnifique faux. Finalement, pour les convaincre, l'orfèvre reproduisit de mémoire différentes parties de la tiare. Humilié jusqu'à l'os, le musée enfouit la couronne dans ses réserves, où elle dormait depuis 1903[1]. Elle n'en est sortie qu'en de rares occasions, notamment la Seconde Guerre mondiale, lorsqu'une partie des collections du Louvre a trouvé refuge au château de Valençay afin d'échapper aux griffes des nazis. La tiare est donc revenue en terrain connu.

« Elle a été placée dans une vitrine au deuxième étage, termina le directeur, entre une paire de vases chinois et la chaussure orthopédique de Talleyrand – l'un des premiers modèles du genre[2].

1. L'autrice certifie ne pas s'être laissé emporter par son imagination : toute cette histoire est authentique.

2. Talleyrand avait un pied bot, d'où son surnom de « diable boiteux ».

Toute la tablée, qui avait suivi l'histoire sans piper mot, sembla retrouver son souffle.

— Fascinant! s'exclama Tommy Smith.

Flatté de l'attention collective, M. Cornillon sourit à la cantonade :

— Le plus ironique de l'histoire étant que le Louvre a annoncé son acquisition un 1er avril.

Un rire secoua l'assistance.

— La date à elle seule aurait dû mettre la puce à l'oreille des journalistes, railla un honorable membre de la SIAC.

La bouche pleine, Marcus van Breecht renchérit :

— C'est loin d'être le seul faux visible au Louvre. Je me demande parfois s'il n'héberge pas davantage de contrefaçons que d'œuvres authentiques.

— Vous aimez l'art?

— Quel musicien ne l'aime pas? répondit le ténor en souriant.

— Je préfère jouer au poker que visiter un musée, dit Violette, c'est bien plus amusant.

Sa franchise choqua Tommy mais amusa le Hollandais.

— N'ayant jamais touché une carte de ma vie, je ne me prononcerai pas, dit-il. Mais vous semblez savoir de quoi vous parlez.

Une bouffée de mélancolie envahit brusquement Violette. La table du dîner couverte de verrerie, de porcelaine dorée, de couverts en argent et de bouquets de renoncules, lui rappelait les réceptions qu'elle avait connues au palais de Jean-Bedel Bokassa, l'empereur autoproclamé de Centrafrique, ou à La Lanterne, lorsqu'un homme politique bien connu des Françaises et des Français l'invitait à dîner aux chandelles[1]. Elle était alors une artiste au sommet de sa gloire, couverte de compliments, de bijoux et de fleurs. Une patineuse artistique admirée dans le monde entier.

Violette sentit le regard de Marcus van Breecht ; le chanteur l'examinait avec curiosité. D'un geste décidé, elle avala une bouchée de tourte à la pintade et aux truffes et chassa sa nostalgie. Elle avait passé l'âge de pleurnicher sur sa jeunesse et comptait bien profiter de ce week-end. Et si le château n'était guère plus chauffé que sa maison, ici, au moins, elle disposait d'une douche en parfait état.

En face d'elle, Claudine louchait presque, son regard sautant régulièrement de son assiette au décor. La salle à manger en jetait. La table, ovale, trônait au milieu d'une pièce dallée de marbre noir et blanc. Deux colonnes grecques encadraient les fenêtres voilées de lourds rideaux de velours vert assortis aux moulures des boiseries. Un lustre dégoulinant de bronze doré et de pendeloques de cristal éclairait l'ensemble. Accroché au mur dans son cadre doré, un Louis-Philippe grandeur nature surveillait tout le monde.

Assis entre le correspondant coréen et le bibliothécaire de la SIAC, Jean-Paul Berthoux était perdu dans des pensées plus sombres. La découverte du corps l'avait secoué et il se forçait à avaler les mets pourtant excellents qui se succédaient. Gilles Charpentier était un journaliste connu, sa mort ne passerait pas inaperçue, mais il serait

---

1. Pour en savoir plus sur le passé de Violette, voir les tomes précédents : *Une certaine idée du paradis* et *Un futur presque parfait*. Nous tairons, par respect pour sa famille, le nom de cet homme politique que chacun reconnaîtra (ou pas).

injuste que le château en fît les frais. Conformément aux instructions de Violette Laguille, il avait glissé au président de la SIAC que Charpentier, indisposé, se reposait et le vieil historien avait paru se satisfaire de cette explication.

Il croisa le regard de Violette par-dessus le surtout en argent. Elle lui adressa un sourire rassurant avant de se remettre à babiller avec Marcus van Breecht. Jean-Paul admira le sang-froid de la vieille dame. Lui était incapable de se mêler à la conversation de ses voisins. Il avait vu d'autres morts, à commencer par ses parents et sa femme, mais leurs décès avaient été prévisibles. Gilles Charpentier était lui parti sans prévenir et le régisseur lui en voulait de cette impolitesse.

Le dîner touchait à sa fin. Les serveurs apportèrent les cinq gâteaux disposés sur une desserte. Enthousiaste, Claudine applaudit, suivie par Jean-Paul, puis l'ensemble de l'assemblée. Théophile Vernet se pencha vers le directeur :

— Dire que Gilles manque cela !

Gilles Charpentier avait toujours aimé être sur le devant de la scène et il digérait certainement mal d'être relégué seul dans sa chambre avec une indigestion tandis que l'on cuisinait les concurrents.

Son interlocuteur baissa les yeux.

— En effet.

— Heureusement, il aura d'autres repas.

Au supplice, Marc Cornillon étouffa son malaise dans un nouveau verre de vin.

11

Toute vérité n'est pas bonne à dire

Les desserts dégustés, les cinq pâtissiers vinrent saluer le jury et chacun dut exposer les origines de son parti-pris. Jean-Claude Piémontain s'était glissé au bout de la rangée et se tenait un peu voûté, les yeux perdus dans le vide. Il détestait saluer, se présenter, expliquer son travail. Pour lui, une bonne pâtisserie n'avait pas besoin d'être analysée, elle parlait toute seule. Son marronnier avait fait forte impression, et il ne voyait pas ce qu'il y avait à ajouter.

À sa gauche, Lili Deviers souriait gauchement. Elle scrutait les visages des jurés, guettant les regards appréciateurs. *Pourvu qu'ils aient aimé mon fraisier revisité*, songeait-elle. Sa main l'élançait encore d'avoir fouetté la crème, mais elle ne regrettait pas d'avoir tout donné. Sans être aussi subtil que le marronnier de son confrère, son entremets avait surpris et étonné. Elle avait surmonté l'écueil du four, dont elle maîtrisait mal les subtilités des températures.

Mathis Leclerc s'étendit – trop – longuement sur les techniques de givrage au sucre et Théophile Vernet finit par l'interrompre pour donner la parole à Léonard

Juillet. Le jeune Martiniquais regrettait à présent son choix. Il avait opté pour un paris-brest parce qu'il était confiant dans sa technique et que ce gâteau représentait la meilleure des références au travail d'Antonin Carême, mais avec le recul et en constatant l'enthousiasme soulevé par les créations de JC et de Lili Deviers, il s'en voulait d'avoir été si scolaire. N'importe quel apprenti de deuxième année peut réussir un paris-brest aux noix[1].

Guillaume Pierre, lui, adorait l'exercice. Il s'était longuement entraîné devant le miroir de sa salle de bains, cherchant la posture – bras croisés ou mains dans les poches ? Il avait opté pour les bras croisés, une pose plus professionnelle, plus virile. Il se montra clair et concis, vantant l'originalité de sa tarte feuilletée aux oranges amères et aux pamplemousses roses.

Les pâtissiers saluèrent d'une dernière courbette et reprirent le chemin de la cuisine, où une vaisselle imposante les attendait. L'assemblée resta attablée, attendant le traditionnel café, mais au grand désarroi de M. Cornillon, les serveurs s'étaient volatilisés. Il se leva, tanguant légèrement sous l'accumulation conjuguée des verres et du stress, et descendit à l'office.

L'un des serveurs nettoyait les plateaux.

— Je suis tout seul, fit-il observer lorsque M. Cornillon l'apostropha, je ne peux pas être au four et au moulin. Y a tout à ranger, et j'ai pas envie de dormir ici.

— Et Kevin ?

---

1. L'autrice doute que cet exercice soit à la portée du premier marmiton venu, mais elle n'a pas l'expérience de Léonard Juillet.

— Il est en train de partir.

Le directeur retourna à toutes jambes vers les vestiaires du personnel. Il croisa l'aide-jardinier qui avait déjà remplacé sa livrée par un jean et qui enfilait son blouson de cuir.

— Vous avez oublié de nous apporter les cafés, piailla M. Cornillon.

L'autre se rebiffa.

— Ah ben non, il est 10 heures passées, ma copine m'attend. J'ai dit oui pour vous dépanner mais c'est pas mon métier de faire le larbin.

Dépité, le directeur se résolut à servir les cafés lui-même. Il eut quelques difficultés à trouver le service en porcelaine et à préparer la cafetière. Pour faire patienter tout le monde, Jean-Paul proposa un vieux rhum. Le ténor réclama une tisane.

— Avec une cuillère de miel, pour ma gorge.

Il était très inquiet, avoua-t-il à Violette Laguille, Valençay était aussi isolé qu'un château de cartes. L'air était humide à s'essorer les cheveux ; malgré les feux de cheminée allumés dans toutes les pièces, la température intérieure frôlait les seize degrés. Tout cela risquait de lui détruire la voix et il voulait donner le meilleur de lui-même lors du récital.

Claudine, elle, ne quittait pas son cousin des yeux. Elle le connaissait bien et Jean-Paul, d'ordinaire très jovial, n'avait pas décroché un mot de la soirée.

— Tu n'as pas l'air dans ton assiette, lui dit-elle lorsqu'il posa la tasse de porcelaine fine devant elle. Qu'est-ce qui se passe ?

— Pas maintenant, murmura-t-il.

Il attendit d'être dans la cuisine de sa maisonnette et d'en avoir refermé la porte pour se confier.

— J'ai trouvé Gilles Charpentier, le trésorier de la SIAC, mort dans sa chambre, juste avant le dîner.

Stupéfaite, Claudine se figea.

— Mort ? Mais de quoi ? Il pétait le feu cet après-midi !

— Aucune idée. Une crise cardiaque, sûrement.

— Mais pourquoi nous avoir caché son décès durant tout le dîner ? souffla la mairesse en se laissant tomber dans un fauteuil. Un mort, c'est quelque chose, tout de même !

— Pour mettre tout le monde dans l'embarras ? rétorqua Violette. Certainement pas. Le pauvre homme est mort, il n'y a rien à y faire. Le dîner était excellent, mais avouez que si vous aviez su que vous mangiez à cinquante mètres d'un cadavre, vous auriez eu l'appétit coupé.

Statufiée dans les plis de sa robe de soirée, Claudine frissonna. Son cousin posa une main apaisante sur son épaule.

— Rassure-toi, je n'ai pas l'intention de me lancer dans le recel de corps. J'appelle le médecin dès demain matin, comme convenu avec M. Cornillon.

— Comment compte-t-il gérer la situation ?

L'amertume plissa la bouche de Jean-Paul.

— Oh, lui… Il ne gère pas. C'est le problème.

— Ah bon ? Il m'a paru charmant et tout à fait passionné par le château.

— Oh, il l'est, il est très gentil, il est fou du domaine, mais il pédale complètement dans la semoule. La seule initiative qu'il soit capable de prendre, c'est de rédiger un article sur la taille des buis de la cour d'honneur à l'époque de Boson[1]. Il ne sait pas lire un devis ni distinguer un compteur électrique d'un robinet de W-C. Il a refusé de demander l'embauche d'un chargé de communication, car, je le cite : « Il est inutile de payer quelqu'un pour répondre au téléphone et mettre des photos sur Facebook. » Résultat, ce sont les guides qui s'y collent entre la caisse et le ménage, et quand ils ne sont pas là, c'est moi. Je réclame un quatrième jardinier depuis des années, mais là aussi, il faut croire qu'il s'agit d'un poste superflu ! Mes trois gars font de leur mieux, mais ils n'en peuvent plus, cinquante-trois hectares à entretenir, la miniferme, le parc aux daims, les fontaines... Alors s'occuper du décès d'un hôte, je te laisse imaginer.

Claudine l'écoutait, atterrée.

— Tu sembles au bout du rouleau, Jean-Paul.

Il tenta de la rassurer d'un sourire faiblard.

— Moi, ça va. C'est pour le château qu'il faut s'inquiéter. Il mérite mieux. Heureusement que ton amie était présente lorsque M. Cornillon a découvert le corps. Elle a pris la situation en main et l'a calmé en deux minutes. Une personnalité étonnante, cette Violette.

— Si tu savais ! Il y aurait à dire...

Une petite toux l'interrompit.

---

1. Charles Guillaume Pierre Frédéric Boson de Talleyrand-Périgord et duc de Sagan (1832-1910), dit Boson Ier, arrière-petit-neveu du prince de Talleyrand, fut le propriétaire du château et un célèbre dandy. Françoise Sagan lui emprunta son nom de plume.

— Je suis là, dit la vieille dame d'une voix sèche, je ne suis pas un chien de compagnie. Je peux savoir ce que vous entendez par là, Claudine ?

Nullement gênée, cette dernière expliqua :

— Quelle que soit la situation, vous n'êtes jamais surprise, vous avez réponse à tout et n'avez peur de rien.

— La peur n'évite pas le danger, disait ma grand-mère. Quant à tout connaître, c'est l'avantage de l'âge, tout simplement. On en a vu davantage à 80 ans qu'à 20 et pour peu qu'on possède deux sous de jugeote, on tire les leçons de ce que l'on observe, la plus importante étant que tout est possible, même et surtout ce qui paraît impossible. Espérons que le médecin confirme le décès naturel de Charpentier.

Jean-Paul la fixa d'un air étonné.

— Quelque chose vous inquiète ?

— À vrai dire, je trouve cette mort trop belle pour être vraie.

— Vous avez une imagination hors norme ! soupira Claudine. Tout décès est horrible, ce n'est pas la peine d'en rajouter avec des supputations.

Violette croisa les bras et la fixa d'un air pincé.

— Et le meurtre de Durangue ? C'était le fruit de mon imagination[1] ?

Matée, la mairesse baissa les yeux.

— Revenons au disparu du jour, dit Violette. Gilles Charpentier est mort dans sa chambre, entre le goûter et le dîner. Il s'est peut-être étranglé avec un petit chou, il en mangeait un juste avant de mourir.

— Comment le savez-vous ?

---

1. *Un futur presque parfait*, Calmann-Lévy, 2022.

— Il y avait un gâteau à moitié croqué au pied de son fauteuil. J'ai failli marcher dessus quand j'ai touché le corps.

Jean-Paul hocha la tête.

— C'est vrai. Je l'ai ramassé et mis dans l'assiette posée sur la table basse. J'ai même songé que Charpentier était un drôle de sans-gêne : on venait de lui servir un goûter pantagruélique et il avait réclamé un supplément.

Un silence pesant suivit ses derniers mots. Malgré les braises rougeoyant dans l'âtre, Claudine frissonna à nouveau.

— Veux-tu un grog avant de te coucher ? lui demanda son cousin.

— Non, merci.

— Et vous, Violette ?

— Je crois que j'ai assez bu pour ce soir, dit la vieille dame.

— Alors bonne nuit, et ne vous faites pas de mouron, le médecin viendra demain. Nous en aurons le cœur net. Tirez bien vos rideaux, il risque d'y avoir de l'orage.

Tout de même, quelle belle journée, songea Claudine Imbert en se déshabillant. Elle avait l'impression d'avoir été catapultée dans une faille spatio-temporelle, déambulant à sa guise dans un palais bourré de meubles dorés, de marbres et de tableaux, passant d'un repas délicieux à un autre, savourant un dîner à huit – huit ! – plats et buvant du champagne comme d'autres avalent de la Badoit. Dire que des gens vivaient de leur naissance à leur mort de cette manière... C'était incroyable. C'était la première fois qu'elle dînait entourée de tapisseries anciennes et de bougeoirs en forme de danseuses. La mort subite de Charpentier était ennuyeuse, bien sûr, mais Claudine ne le connaissait pas assez pour le pleurer ; elle espérait simplement que cet incident ne causerait pas trop de désagréments à son cousin. Violette avait réagi avec bon sens : il aurait été dommage de rompre le charme de la soirée en alertant les convives.

La mairesse déposa soigneusement sa robe longue sur la chaise, en prenant garde à ne pas laisser traîner la jupe sur le plancher. Un vêtement magnifique. Exception faite de sa robe de mariée, c'était la première et sans doute la dernière fois de sa vie qu'elle porterait une robe longue. Elle eut un sourire attendri. Sous ses airs rogues, cette Violette avait le chic pour penser aux autres.

Sautant du coq à l'âne, elle réalisa qu'elle n'avait pas appelé Michel. Il était presque minuit. Elle lui donnerait des nouvelles demain, rien ne pressait. Elle éteignit la lampe de chevet, remonta la couette jusqu'à ses oreilles et s'endormit comme une masse.

À quelques mètres de là, dans son logement de fonction aménagé au-dessus de la salle des carrosses, le directeur se préparait également à se coucher. Il ouvrit la porte de sa chambre et, du bout des doigts, chercha sur le mur l'interrupteur, qu'il ne trouva pas. Il était un peu pompette. Lui qui buvait si peu n'avait pas vu venir l'effet du rhum offert par le secrétaire de la SIAC. *Quelqu'un a déplacé l'interrupteur*, se dit-il. Tant pis. Les rideaux n'étaient pas tirés et il parvint à traverser la chambre pour atteindre la salle de bains. Cette fois, il trouva la lumière sans difficulté. Il se brossa rapidement les dents et enfila son pyjama en tentant de récapituler la succession d'événements qui s'étaient enchaînés. Il ne parvenait pas à effacer la vision de Gilles Charpentier affalé dans son fauteuil, le bras pendant, la bouche tordue et les yeux vitreux. Un décès, ici, dans son château. C'était inconcevable. Un mauvais rêve. Et qui avait bien pu retirer l'interrupteur de sa chambre ? *Cette journée se termine encore plus bizarrement qu'elle a commencé*, songea-t-il avant de fermer les yeux, assommé par l'alcool et les émotions.

Assise sur son lit, Lili Deviers pleurait si fort qu'elle faillit s'étrangler avec ses sanglots. Depuis cinq ans, elle se battait comme une folle pour atteindre son objectif, devenir cheffe et gérer un atelier. Elle avait avalé toutes les couleuvres, les mains aux fesses, les hurlements, les journées sans pause pipi, elle avait cru qu'elle résistait à tout et que rien ne l'atteignait, elle avait mis de côté les sorties avec les copines, le vernis aux ongles, les remerciements et même la simple courtoisie, mais l'attitude de Guillaume Pierre était la goutte de trop.

Quand elle eut épuisé ses réserves de larmes, elle renifla un bon coup, se moucha et ne sut plus quoi faire. Elle était exténuée. *Je ne tiendrai pas un service de plus*, songea-t-elle. Tout avait pourtant si bien commencé ! Lorsqu'elle avait été invitée à participer aux sélections, elle avait pleuré de joie, croyant à un rêve. Le rêve tournait au cauchemar. Elle connaissait les règles du métier et elle savait que la concurrence était impitoyable, mais elle avait toujours cru qu'elle était honnête. En sabordant son travail, Guillaume Pierre lui prouvait le contraire.

Les concurrents étaient logés dans les soupentes du gîte de la duchesse. Le couloir était silencieux, Lili était encore seule. Les garçons rangeaient la cuisine. Elle roula son mouchoir en boule au fond de la poche de son pantalon et s'approcha de la fenêtre. Le ciel était noir comme l'enfer. *Et si je sautais?* songea-t-elle. Ce serait la fin des insultes, des cris, des épaules douloureuses, des pieds gonflés, la fin de tout, la fin de l'enfer. Ses parents comprendraient.

Mais le visage de sa mère se matérialisa dans son esprit et ses sanglots redoublèrent. Non, ils ne comprendraient pas qu'elle ait sacrifié de bonnes études pour un CAP et quitté le lycée général pour se retrouver sans bac, sans rien, dix ans plus tard. « Tu pourrais aller à la fac, devenir avocate! avait hurlé son père quand elle lui avait annoncé sa décision. Qu'est-ce que tu vas foutre avec des analphabètes? » Lui qui était archiviste chez EDF ne comprenait pas qu'elle renonce au bac pour travailler de ses mains. Pour Paul Deviers, l'ascension sociale était là : son enfant devait obtenir un diplôme supérieur au sien. Non, ils ne comprendraient pas, se dit Lili.

La chambre était située au dernier étage du château, sous les combles. Elle ouvrit la fenêtre et se pencha au-dehors. L'air glacé et humide lui gifla les joues. Le bord du toit se perdait dans l'obscurité, la couverture était trop pentue pour lui permettre de s'écraser proprement dans la cour. Si elle sautait, elle tomberait dans la gouttière.

À regret, Lili Deviers recula. Elle s'apprêtait à refermer l'huis lorsqu'un mouvement suspendit son geste. Une ombre flottait entre les buis et la fontaine.

Intriguée, Lili Deviers se pencha en plissant les yeux. Elle distingua une silhouette humaine enveloppée dans une sorte de cape noire. Homme ou femme ? C'était impossible à dire. La forme traversa la cour et s'évanouit entre les murs du château.

SAMEDI

12

L'inquiétude des uns s'arrête où commence celle des autres

Il plut toute la nuit. Blottie sous sa courtepointe fleurie, Claudine Imbert fut réveillée par le tonnerre. Elle parvint à se rendormir jusqu'à ce qu'un déluge de grêle, puis le crépitement de l'eau sur les ardoises, la tirent à nouveau du sommeil. Malgré les rideaux, les éclairs éclaboussant le ciel noir illuminaient sa chambre comme des feux de Bengale. *Vivement le matin, que je me lève une bonne fois pour toutes et me fasse un café*, pensa-t-elle en comptant les secondes entre les coups de tonnerre.

À 5 h 45, elle jugea l'heure décente. Elle s'offrit une douche rapide, enfila son tailleur de laine, ses mocassins fourrés, et descendit mettre la cafetière en route.

Elle en avait déjà bu la moitié lorsque son cousin la rejoignit. Il était chaudement vêtu d'un pull à col roulé et d'un pantalon molletonné.

— Je vais en avoir besoin, dit-il en remplissant un bol à ras bord de café. Il est tombé des grêlons de la taille d'une noix, il faut évaluer les dégâts. La roseraie doit être dans un drôle d'état et j'espère que les ardoises ne sont pas en miettes. Ensuite, je ferai venir le médecin pour Gilles Charpentier. Veux-tu que j'allume le feu ?

Claudine assura qu'elle se débrouillerait. Tout en disposant le petit bois dans la cheminée, elle se félicita d'avoir choisi d'emporter sa doudoune imperméable. Cette bonne Violette savait peut-être assortir les vêtements, mais elle ne connaissait rien à la météo, et à l'écouter, on grimperait au sommet de l'Himalaya en sandales.

Li Kang avait mal dormi. Toute la nuit, il s'était retourné dans son lit en s'inquiétant de la défection de Gilles Charpentier. Le trésorier était si gourmand que son absence au dîner semblait invraisemblable. Tentait-il d'échapper à ses engagements ? Ils s'étaient pourtant fixé rendez-vous le vendredi soir après le dîner. Mais Charpentier n'avait pas répondu lorsque Kang avait toqué à sa chambre à minuit, comme convenu. Tout était éteint et la porte, dont Li avait discrètement agité la poignée, était fermée à clé. Le correspondant coréen avait regagné sa propre chambre et était resté longtemps éveillé, l'oreille tendue vers le couloir. Aucun bruit n'avait signalé le retour du trésorier.

Bizarre, se répétait Li Kang, en s'agitant sous sa couette. Très bizarre. Gilles n'était pas du genre à renoncer à cinquante mille euros non imposés. Où était-il donc passé ? Quelqu'un avait-il eu vent de leur affaire ? Ces papiers, il y avait pensé durant tout le vol l'emmenant vers Paris. Douze heures. Et depuis son arrivée à Valençay, il avait eu le plus grand mal à suivre la visite de l'atelier d'ébénisterie puis à se concentrer sur les dégustations.

Il consulta sa montre. 7 heures. Peut-être Gilles était-il rentré sans qu'il l'entende ? Il se leva, se rasa méticuleusement et s'habilla.

Le couloir était désert. Un ronflement sonore, derrière la porte de Théophile Vernet, indiquait que celui-ci dormait encore. À pas de loup, Li Kang alla jusqu'à la chambre de Gilles et secoua la poignée. La porte resta close. Suspendant sa respiration, il colla son oreille au battant. Aucun bruit ne filtrait.

Une bouffée de désespoir l'envahit. Dire que son trésor était là, juste derrière le battant, à portée de main…

Bien que la pluie eût cessé, Jean-Paul avait enfilé une cape imperméable. L'air froid sentait la terre mouillée, une odeur légère et complexe qu'il respira avec bonheur. Les tracas de la veille s'évaporèrent. L'essentiel était là, autour de lui : les arbres, les plates-bandes, les daims, le château. La mort de Gilles Charpentier n'était qu'un accroc. La vie se poursuivrait demain, la semaine suivante, la décennie suivante.

Comme il se dirigeait vers les jardins, une voix masculine le héla.

— Monsieur Berthoux, il faut que je vous parle !

Il se retourna. Une silhouette traversait la cour en zigzaguant entre les flaques. Plissant les yeux, le régisseur reconnut Carlo, le correspondant italien. Jean-Paul avait échangé avec lui une bonne cinquantaine de mails concernant l'organisation de ce fameux séjour. Carlo s'inquiétait de tout : la marque de la cafetière, la taille des douches, le nombre de couvertures mises à disposition des sociétaires de la SIAC.

Carlo était manifestement plus habitué à arpenter la place Farnèse de Rome que la campagne berrichonne : ses boots en daim camel étaient bonnes pour la poubelle et il frissonnait dans sa veste de costume cintrée.

Patiemment, le régisseur attendit qu'il reprenne son souffle avant de lui demander :

— Tout va bien, monsieur ?

Le secrétaire adjoint de la SIAC secoua la tête.

— Nous sommes très inquiets, monsieur Berthoux. La foudre est tombée sur le gîte.

— La foudre ? Cela m'étonnerait, l'orage était à plus de trois kilomètres.

— J'en suis certain, j'ai entendu des coups de tonnerre toute la nuit.

Le régisseur se mordit les joues pour ne pas éclater de rire.

— Rassurez-vous, le château est un excellent paratonnerre, ses tours sont bien plus hautes que votre logement.

— Êtes-vous certain que nous ne craignons rien ? Ce séjour est de la plus haute importance, nous ne pouvons pas risquer une catastrophe. Si la maison prend feu…

Ils commencent tous à me courir sur le haricot, songea le régisseur. *Entre les macchabées surprises et le secrétaire paranoïaque, ça finit par bien faire.*

— Vous pouvez dormir sur vos deux oreilles. Je travaille ici depuis plus de vingt ans, j'ai vécu la tempête de 1999, et je n'ai jamais vu la foudre toucher quoi que ce soit sur le domaine.

Excepté, bien sûr, quelques grands chênes qui avaient terminé en merguez, mais ce n'était pas le moment d'ergoter ni d'ajouter à l'angoisse de Carlo. Celui-ci considéra son interlocuteur d'un air hésitant puis sembla se résoudre à lui faire confiance. Il le salua gauchement et repartit à petits bonds désordonnés vers le gîte.

Le régisseur poussa un ouf de soulagement et s'enfonça dans le parc. Le sous-bois était jonché de branches cassées, quelques arbres, très secoués, devraient être abattus, les treilles de la roseraie faisaient grise mine, mais globalement, la nature avait bien résisté à l'orage. En revanche, la rivière en contrebas du domaine avait doublé de volume et s'étalait largement au-delà de ses berges. Rassuré, Jean-Paul regagna son bureau afin d'appeler le médecin.

Le praticien ne décrocha pas. Il ne rappela qu'à 10 heures, entre deux consultations, et se montra assez sec. Il essaierait de passer dans la journée, mais ne promettait rien, il était débordé et un mort pouvait attendre, contrairement à la paire de bambins hurlant dans sa salle d'attente et dont même Jean-Paul, à l'autre bout du fil, percevait la puissance des cordes vocales.

L'annonce de ce délai fit au directeur le même effet qu'une boule de bowling en pleine tête. Toute l'angoisse qui l'avait submergé la veille rejaillit et il s'effondra derrière son bureau en malmenant son nœud papillon. On ne pouvait pas garder un mort deux jours, sans rien dire à personne ! Comment le président Vernet prendrait-il la chose ?

— Il va croire qu'on a tué leur trésorier ! Je n'aurais pas dû vous écouter, Jean-Paul !

Même la météo, gémit-il, était contre lui, elle annonçait que les intempéries reprendraient en fin de matinée et dureraient jusqu'à lundi. Lui qui voulait faire visiter le parc aux daims et les fameuses glacières aux membres de la SIAC ! Impossible de les faire crapahuter sous des torrents d'eau et une volée de grêlons. Impossible même de leur montrer le jardin de la duchesse qui n'était guère séduisant ; écrasés par l'orage, ses massifs de fleurs ressemblaient à des carpettes boueuses.

Le malheureux directeur voyait son plan de promotion partir en quenouille. Son nœud papillon s'était carapaté sous son oreille droite et un tic agitait sa paupière gauche. Aucune des paroles rassurantes de Jean-Paul ne parvint à le calmer.

Impuissant, le régisseur se replia vers son logement, où il confia son désarroi à sa cousine.

— Il va me rendre chèvre, maugréa-t-il en se versant une tasse de café tiède.

Claudine résolut de prendre les choses en main. Rassurer les gens, c'était son point fort. Elle enfila sa doudoune et traversa la cour, Violette et Jean-Paul sur les talons. M. Cornillon n'avait pas bougé d'un micron. Assis, ou plutôt posé, comme un tas de désespoir dans son fauteuil Empire, il fixait la lampe Empire posée sur son bureau Empire. Tout cet Empire ne parvenait pas à lui insuffler une miette de courage. Il paraissait attendre qu'un génie enturbanné jaillisse de l'abat-jour.

L'irruption du trio le tira de sa léthargie ; l'air hagard, il se redressa.

— Mesdames…

Il n'eut pas le temps de se demander pourquoi ses deux invitées étaient dans son bureau. Claudine, qui croyait plus à l'action qu'à la psychologie, alla droit au but.

— Jean-Paul m'a exposé vos inquiétudes, M. Cornillon. En tant que maire, je dispose de pouvoirs de police et je suis assermentée. Je vais garder la clé de la chambre, ainsi, vous serez déchargé de toute responsabilité en attendant l'arrivée du médecin et des gendarmes.

Elle tendit la main. Son assurance apaisa le directeur. Il tira la clé de sa poche et la déposa dans la paume ouverte de la mairesse.

Une fois dans le couloir, Claudine chuchota :

— Nous devrions tout de même jeter un œil dans la chambre afin de vérifier que tout va bien.

— Vous avez peur que le mort se soit sauvé pendant la nuit ? demanda Violette d'un ton sarcastique.

— Ne me prenez pas pour une bête ! Cela me tranquilliserait, c'est tout.

— Ma foi, dit Jean-Paul, une petite inspection ne coûte rien.

La vieille dame hésita, puis hocha la tête.

— C'est certain.

13

Il vaut mieux arriver en retard qu'arriver sans corbillard

Quelques instants plus tard, Claudine, Jean-Paul et Violette étaient penchés au-dessus du corps du trésorier et l'examinaient d'un air perplexe.

— Tout de même, il a bonne mine pour un mort, murmura Claudine.

— Très, très bonne mine, dit Violette. Il a les joues comme des pommes d'api.

La mairesse se tourna vers son cousin.

— Il avait cette couleur-là hier ?

Hésitant, celui-ci tenta de rassembler ses souvenirs.

— Je ne sais plus, avoua-t-il. Il faisait déjà nuit et la petite lampe de chevet n'éclaire pas très bien. Ces ampoules LED, vous savez ce que ça vaut...

Un silence dubitatif enveloppa les trois compères. Cette mort soudaine dégageait une odeur de tragédie. L'éclairage n'expliquait pas tout. Les rideaux en velours étaient restés à demi tirés et la chambre baignait dans un clair-obscur fantomatique, malgré tout, le mort conservait un teint de pêche trop mûre. Son visage coloré était crispé et Violette remarqua des traces de bave aux commissures des lèvres. Dans l'effervescence de la découverte du corps, ce détail lui avait échappé la veille.

Gilles Charpentier avait goûté de bon appétit et bu quelques coupes de champagne, mais pas assez pour se rendre malade, puisqu'un plateau de petits-fours était posé sur le guéridon à gauche du fauteuil où il gisait. Lorsqu'il s'était retiré dans sa chambre, il avait donc encore de l'appétit. De toute façon, personne n'était jamais mort d'indigestion. Avait-il été victime d'une crise cardiaque ? D'une hémorragie cérébrale ? À moins que… Elle approcha son visage de celui du mort.

Le régisseur tenta de reprendre pied.

— Ces joues rouges, ça doit être l'effet du reuilly et du quincy[1]. Il ne devait pas sucer que des glaçons. Il a bu plusieurs coupes au cocktail. S'il tenait ce régime depuis trente ans, forcément, ça gâte le teint.

Violette se redressa et secoua la tête.

— C'est plutôt l'effet du cyanure.

Jean-Paul Berthoux sursauta comme s'il avait reçu une décharge électrique.

— Ce n'est pas le moment de plaisanter, Violette ! s'indigna Claudine.

La vieille dame insista.

— Mon nez ne me trompe jamais. Hier, en touchant le corps, j'ai senti une odeur que je n'ai pas identifiée sur le moment. Je l'ai retrouvée dans le gâteau aux pommes et aux amandes servi au dîner, vous savez, cette délicieuse tarte aux pommes ? L'équation

---

1. Vins réputés produits à l'est de Valençay. À consommer avec du chèvre et surtout avec modération, l'abus d'alcool est dangereux pour la santé.

est simple : amande plus visage rouge signifie cyanure. Contrairement à ce que l'on imagine, la suffocation ne rend pas le visage bleu.

Claudine Imbert et son cousin, qui n'imaginaient rien du tout, se dévisagèrent, accablés. Cette fois, il fallait prévenir Théophile Vernet. Et avertir le directeur que le funeste incident se corsait.

— Moi, je ne sens rien, assura la mairesse dans une ultime tentative de déni. Vous êtes victime d'odeurs fantômes, Violette.

La vieille dame la fixa en roulant des yeux et Claudine baissa la tête comme une collégienne.

— Vous avez senti un fumet…, dit-elle d'une petite voix. Un rien. Un vague effluve. Je parie que c'est de la naphtaline, les rideaux doivent en être crépis.

— Je sais ce que je sens, croyez-moi, et si je divague, vous me ferez interner en rentrant à Mouy.

— Restons calmes, dit Jean-Paul. En attendant le médecin, j'appelle la gendarmerie. Et je préviens le directeur.

— Il va s'affoler comme une poule sans tête, grinça Violette.

Le régisseur écarta les bras d'un air désolé.

— Je ne pourrai pas lui cacher la venue des gendarmes.

À l'annonce de la nouvelle, M. Cornillon crut à une blague et éclata de rire. Son gloussement s'éteignit lorsqu'il constata que ni Claudine ni Jean-Paul ne partageaient son hilarité. Ses mains se mirent à trembler.

— Vous ne plaisantez pas ? Gilles Charpentier aurait été empoisonné ?

Le régisseur hocha la tête avec gravité.

— Rien n'est avéré, mais c'est une possibilité.

— Probablement avec l'un des petits choux qu'il a mangés avant le dîner, précisa Violette.

Jean-Paul lui jeta un regard furieux, qu'elle ignora.

— Une intoxication alimentaire, bredouilla le directeur, mais c'est une catastrophe ! Nous aurions pu tous mourir ! Mon Dieu, mon Dieu... Il faut stopper ce concours ! Je vous l'avais bien dit, Jean-Paul, nous courons de désastre en tragédie.

Claudine, qui détestait le rôle de spectatrice, intervint.

— Allons, tout le monde se porte à merveille, la qualité des pâtisseries n'est pas en cause.

Le directeur lui jeta un regard torve.

— Comment pouvez-vous en être si certaine ?

— Aucun de nous n'a souffert de vomissements ou de diarrhées.

— Le médecin nous en dira plus, dit Jean-Paul, il ne devrait plus tarder. J'ai également contacté les gendarmes, ils sont en route.

— Et le président de la SIAC ? Il est au courant ?

— Pas encore. Je pensais que vous tiendriez à l'informer vous-même du décès de son trésorier.

— Je ne peux pas, je ne peux pas, je ne peux pas... Il va croire qu'il est tombé dans le château de Dracula ! S'il vous plaît, Jean-Paul...

La veulerie de M. Cornillon commençait à exaspérer Violette. Le bonhomme se déchargeait de plus en plus sur son bras droit, bientôt, il irait se cacher au grenier de peur de croiser son ombre dans un couloir. Claudine partageait manifestement son agacement. Elle ouvrit la bouche, mais la vieille dame, qui connaissait sa diplomatie, la devança.

— Je vais expliquer la situation à M. Vernet, il choisira de poursuivre ou non ce fameux concours. Vous, Jean-Paul, vous accueillerez les gendarmes.

Elle se tourna vers la mairesse.

— Et vous, Claudine, assurez-vous que le déjeuner est en route et que les concurrents n'ont besoin de rien. Ce n'est pas le moment d'avoir des soucis d'intendance.

Le menu était affiché à gauche de la cheminée et comptait sept services :

Potage à la Condé et potage à la moelle de bœuf,
Bar grillé à l'italienne et cabillaud à la hollandaise,
Quartier d'agneau à l'anglaise et chartreuse garnie de cailles,
Petits vol-au-vent à la Nesle, émincé de bœuf à la Clermont, poularde à la maquignon et filets de lapereaux glacés à la chicorée,
Poulets à la reine et pigeons bardés,
Croque-en-bouche à la moderne et sultane en surprise,
Haricots blancs à la maître d'hôtel, laitues braisées au consommé, gelée d'abricots renversés et fanchonnettes au café moka.

Guillaume Pierre le relut pour la dixième fois, toujours incrédule. Laitues braisées au consommé… Ça devait être bien dégueulasse. Le menu avait été servi lors d'un dîner en 1822[1]. Les gens mangeaient de drôles de trucs, à l'époque.

1. Authentique. Que les nutritionnistes se rassurent, les convives faisaient leur choix parmi les différents plats de chaque service.

— Les filets de lapereaux sont cuits ? demanda Lili Deviers.

— Oui.

— Alors je les glace.

Il lui tendit le plat de mauvaise grâce. Le concours obligeait les concurrents à préparer ensemble les plats salés. *Parce que l'esprit Carême est un esprit d'équipe.* Tu parles, Charles, chaque fois que Lili Deviers passait dans son champ de vision, Guillaume Pierre avait envie de lui claquer la tête contre le mur ou de la coller dans la machine à chocolat. Une bourgeoise qui s'encanaillait en regardant *Top Chef.* Quelle cloche ! Il ne savait pas qui il détestait le plus, elle, ou JC ou Léonard Juillet, ce gros lard qui souriait tout le temps. « Si t'es obèse en cuisine, c'est que tu bouffes au lieu de bosser », voilà ce que lui répétait son premier patron. Il avait raison. Les vrais pâtissiers ne sont pas gros, les bons chefs non plus. Pas besoin de goûter pour savoir si c'est réussi, il suffit de regarder et de sentir. Un sirop de sucre se juge à l'œil. La transparence, la consistance parlent d'elles-mêmes. Pas moyen de se tromper.

Carême avait été le cuisinier de deux empereurs avant de mourir victime de son métier, les dents rongées par les vapeurs de sucre et les poumons brûlés par la poussière de charbon. Tout en bardant les pigeons, Guillaume Pierre se promettait de suivre les traces glorieuses de Carême, mais sans se crever à la tâche comme ces péquenauds de JC et Léonard. Le petit Mathis, lui aussi, était bien parti pour se transformer en tâcheron.

Concentré sur son travail, ce dernier ne vit pas le regard méprisant de son camarade. Comme la plupart des jeunes pâtissiers, Mathis Leclerc n'avait jamais entendu parler d'Antonin Carême avant de s'inscrire au trophée de la SIAC. Rares sont les formateurs de CFA ou les maîtres d'apprentissage qui se soucient de l'histoire de la cuisine. Mais Mathis Leclerc était curieux. Lorsque la revue des artisans pâtissiers avait annoncé le concours, il avait effectué des recherches sur Internet. Marie-Antoine Carême était né à Paris le 8 juin 1784, dans une famille de quinze enfants, et avait commencé à travailler à l'âge de 8 ans. Jusque là, l'histoire était assez banale, il s'agissait d'un gamin des rues comme la capitale en comptait des milliers à l'époque, mais Carême avait vite quitté le trottoir. Il était entré chez un traiteur et, à l'âge de 17 ans, au lieu de boire des chopines avec ses camarades, il passait son temps libre à la Bibliothèque royale, copiant des gravures de temples grecs ou de pagodes chinoises afin de les reproduire en pâte et en nougatine ; à 25 ans, il dirigeait les cuisines du prince Murat et, à 30, il cuisinait pour Napoléon lui-même avant de passer au service du prince régent d'Angleterre, du tsar, du prince de Wurtemberg et de la famille Rothschild. Plus étonnant : comme son contemporain le scientifique Parmentier, Carême était soucieux des propriétés nutritives de ses plats et il était persuadé que des repas sains contribuaient à préserver la santé. Il avait donc allégé une foule de recettes traditionnelles et introduit les fines herbes et les légumes de saison. Quelques bourgeois avaient d'abord tordu le nez devant cette hardiesse, arguant qu'ils n'étaient pas des vaches ni des pauvres pour boulotter de la pelouse et des racines, puis l'engouement de Talleyrand et des monarques européens, fans de ce freluquet, les avait convertis à la salade.

Une telle modernité avait fasciné Mathis Leclerc. Carême lui montrait que tout était possible. Lui aussi était loin d'avoir grandi avec une cuillère en argent dans la bouche, son père avait disparu quelque part entre Bourges et Metz et se préoccupait de tout sauf de ses gosses. Mathis, qui avait bâillé au fond de la classe durant tout le collège, avait été poussé en CFA par ses professeurs. Il avait atterri en CAP pâtisserie parce qu'il n'y avait plus de place en section mécanique. Sa mère n'avait dit ni oui ni non, trop occupée à gérer ses deux autres rejetons. Mais Mathis Leclerc avait trouvé l'apprentissage plus intéressant que l'école et s'était pris au jeu. La pâtisserie exigeait autant de précision que la mécanique, et peu à peu, il avait oublié sa mobylette pour se concentrer sur ses culs-de-poule. Il se levait sans rechigner à 5 heures du matin pour embaucher et s'appliquait. Aux vacances de la Toussaint, il était arrivé au labo de son patron avec une boîte en plastique contenant sa première création, des pavés framboise-litchi.

« Pas mal, avait dit son patron après avoir goûté. Tu as des dispositions, mais c'est brouillon, si tu veux continuer, va falloir ordonner tout ça. » Il avait proposé à Mathis de rester au labo l'après-midi afin de s'entraîner et l'avait inscrit au concours de Meilleur Apprenti de France. Le gamin s'était nourri durant plusieurs mois de sandwichs rassis et, comme Carême, avait consacré tout son temps libre à affiner sa technique. La médaille obtenue, il l'avait accrochée au-dessus de son lit en se jurant qu'elle serait suivie de bien d'autres. Le trophée Carême, c'était son Graal.

L'entrée de Claudine Imbert n'interrompit pas l'activité des concurrents. La chaleur saisit la mairesse.

Contrairement aux autres pièces du château, une température étouffante régnait dans la cuisine. Des odeurs de viandes rôties et de pâte cuite emplissaient l'air. Penché devant une grosse cuisinière en fonte, un jeune homme enfournait des pelletées de charbon. Il referma la porte d'un coup sec et s'essuya le front d'un revers de manche.

La mairesse s'avança jusqu'au centre de la pièce.

— Avez-vous tout ce qui est nécessaire ?

— Qu'est-ce que vous faites là ? aboya l'un des pâtissiers. Personne n'a le droit d'entrer dans les cuisines pendant qu'on travaille.

Claudine Imbert identifia Guillaume Pierre, celui qui s'était montré si assuré la veille en présentant sa tarte fine. Réussie, mais pas exceptionnelle, le paris-brest était largement mieux. Elle le toisa :

— Je représente le directeur du château, et j'entre où je veux et quand je veux, mon petit bonhomme.

— Elle t'a mouché, dit un jeune aux joues couvertes de taches de rousseur.

Vexé, Guillaume Pierre lui lança un regard féroce.

— Occupe-toi donc du cabillaud, Leclerc, tu vas nous mettre dans le jus à te dandiner comme une fille.

Se sentant de trop, la mairesse préféra regagner les étages nobles. Aucun des concurrents n'avait daigné répondre à sa question, mais vu la quantité de marmites, casseroles et culs-de-poule fumant ou glougloutant sur les fourneaux, le déjeuner était bien en route et personne au château ne mourrait de faim. Elle se rappela qu'elle s'était promis d'appeler son mari. Parvenue dans le hall, elle s'assit sur une banquette et tira son téléphone de sa poche. Elle chercha le numéro dans son répertoire et sélectionna la touche d'appel. L'appareil raccrocha automatiquement. Elle répéta l'opération, mais un bip vigoureux interrompit à nouveau la communication. *Il me raccroche au nez*, songea-t-elle, indignée. *Tant pis pour lui ! Qu'il ne vienne pas se plaindre que je l'abandonne !*

Elle fourra le téléphone dans sa poche et se dirigea vers le petit salon.

14

On attrape plus vite un menteur qu'un tueur

L'arrivée des gendarmes au château fut loin d'être discrète. Une voiture bleu marine logotypée se gara en crissant devant l'ancienne salle des carrosses et trois militaires en sortirent. Jean-Paul, qui les guettait, les guida jusqu'à la chambre du mort.

— La porte est fermée, dit le brigadier.

Penaud, le régisseur fila récupérer la clé auprès de sa cousine et revint tout essoufflé.

Gilles Charpentier gisait toujours sur son lit, les joues rouges et la mine chiffonnée. Le brigadier Desnoyers l'examina sans mot dire.

— C'est vrai qu'il n'a pas l'air vivace, souffla l'un des jeunes gendarmes.

Le brigadier lui lança un regard noir et pivota vers le régisseur.

— Vous avez donc trouvé le corps dans cette position, les bras allongés le long du buste.

Jean-Paul Berthoux rougit.

— Pas tout à fait. Il était dans ce fauteuil, près de la table basse. Nous l'avons placé sur le lit.

Courroucé, le brigadier se redressa.

— On ne touche pas un corps sans la présence d'un médecin ou d'un représentant des forces de l'ordre !

Le régisseur se dandina d'une jambe sur l'autre et balbutia :

— Nous nous sommes dit que si la rigidité cadavérique survenait alors qu'il était assis, vous auriez du mal à le transporter. Il était tout tordu, avec un bras qui pendait. Ce n'était pas très confortable.

Le jeune gendarme debout près du lit pouffa.

— Ponthin, vous vous croyez au cabaret ? tonna son supérieur. Allez voir dehors si j'y suis.

— Oui, chef.

Le brigadier se retourna vers Jean-Paul.

— Et vous, expliquez-moi qui est ce nous. Quelles sont les personnes qui vous ont aidé à bouger le corps ?

— M. Cornillon, le directeur du domaine, ma cousine Claudine Imbert, et Violette Laguille, l'une de ses amies.

D'une main appliquée, Desnoyers nota les noms, puis il désigna le corps d'un coup de menton.

— Et ce monsieur est ?

— Gilles Charpentier.

— Il faisait quoi dans la vie ?

— Critique gastronomique. Il appartient, enfin, il appartenait à l'association qui loue le château pour le week-end.

— La rigidité cadavérique est complète. Cet homme est décédé depuis au moins douze heures. Quand l'avez-vous découvert ?

— C'est-à-dire… Hier soir. Il est monté dans sa chambre après le goûter d'accueil et il n'est pas descendu pour le dîner.

— Et quelqu'un l'a vu ensuite ?

— Oui, moi-même et le directeur… Enfin, non, justement, nous ne l'avons pas vu. Nous avons pensé qu'il s'était endormi et avait oublié l'heure. Nous avons frappé à la porte de sa chambre, il n'a pas répondu, alors nous sommes entrés. Il était assis là, dans son fauteuil. Il était mort.

— Et comment pouviez-vous le savoir ? Vous êtes médecin ?

Attention de ne pas t'emmêler les pinceaux, mon petit Jean-Paul, se dit le régisseur. *Violette Laguille n'est ni médecin ni policier. Ce n'est pas le moment d'évoquer un empoisonnement.* Il connaissait de vue le brigadier, mais n'avait encore jamais eu affaire à lui, Desnoyers ayant été muté à Valençay à l'automne. Le gars semblait particulier. Il prit une grande inspiration.

— Je l'ai secoué, expliqua-t-il d'une voix lisse, il s'est avachi, enfin, il ne tenait pas bien, quoi. Il avait les yeux ouverts, mais il ne respirait plus, ne bougeait pas. J'ai pris sa main, elle était froide. C'était évident qu'il était mort.

Le gendarme manqua s'étouffer.

— Et pourquoi ne pas nous avoir appelés hier soir ?

Jean-Paul avait le choix entre passer pour un imbécile ou pour le complice d'un assassin. Même si elle offrait de lui une image peu flatteuse, il préférait la première option.

— Il n'y avait plus rien à faire, il était tard, nous ne voulions pas vous déranger. Nous avons estimé que les constatations officielles pouvaient attendre quelques heures. Après tout, le malheureux était mort. Nous avons fermé la chambre et gardé la clé.

Le brigadier le fixa, traquant du sarcasme, mais l'attitude piteuse de Jean-Paul lui indiquait que le régisseur avait agi avec les meilleures intentions du monde.

— Et ça vous a paru naturel de le trouver raide mort ?

— On a pensé à une crise cardiaque. Il n'était pas tout jeune et il aimait bien manger, vous comprenez, comme tous les participants du séminaire…

— Je comprends surtout que vous n'avez pas beaucoup réfléchi. Qui a gardé la clé ?

— Claudine Imbert, ma cousine ; en tant que maire, elle est officier de police judiciaire.

— Où est le directeur du domaine ?

— Dans son bureau. Il est très affecté par les événements.

— D'autres personnes sont au courant de ce décès ?

— Non. Violette Laguille, l'invitée qui a découvert le corps avec nous, est en train de prévenir le président de l'association.

Le brigadier considéra le cadavre sagement étendu sur le dessus-de-lit brodé. Cette mort pouvait tout à fait être naturelle, le corps et la pièce ne présentaient aucun signe de violence. Mais seul l'examen médical le confirmerait. Dans le doute, le gendarme préférait rassembler le maximum d'informations. Il était tiraillé entre deux possibilités. La première était d'interroger sur-le-champ le président avant que cette fameuse Violette Laguille, qui semblait un peu trop encline à apparaître régulièrement dans cette affaire, ne retourne le cerveau d'un autre témoin. La seconde était de cuisiner celui qu'il avait sous la main afin de comprendre ladite affaire et ne pas se faire entourlouper par le président ou la Violette. Il opta pour la rapidité.

— M. Berthoux, nous allons reprendre cette histoire de zéro. Expliquez-moi qui est qui, et qui a fait quoi depuis l'arrivée de ce M. Charpentier.

— La SIAC a loué le château pour le week-end et tous ses membres sont arrivés vendredi midi. Je leur ai fait servir une collation et…

— Stop ! cria le brigadier. Qu'est-ce que la SIAC ?

— La Société internationale des amis de Carême. Une association de passionnés et d'experts de la gastronomie. Ils participent à toutes sortes de manifestations, écrivent dans des revues, bref, vous voyez ?

Le gendarme opina d'un grognement.

— La SIAC compte plusieurs centaines de membres, poursuivit le régisseur, et seuls les membres du conseil d'administration sont jurés. En comptant M. Charpentier, ils étaient huit présents.

— Leurs noms ?

— Je ne les ai pas en tête, ils sont notés dans le dossier de location. Le contrat est au nom de la SIAC, mais le château contient des objets précieux et je demande toujours les noms de chaque personne présente, ainsi qu'une copie des pièces d'identité. Je préfère, pour les assurances. On n'est jamais trop prudent.

— Je suis heureux que vous respectiez les exigences du Code du tourisme concernant les locations. Poursuivez.

À nouveau, Jean-Paul prit une grande inspiration, cette fois pour masquer son irritation.

— À leur arrivée, ils ont déjeuné.

— À quelle heure ?

— Vers midi, midi et demi, je n'ai pas l'heure exacte. Est-ce important ?

— Tout est important. La victime était présente ?

— Oui, elle est arrivée avec tout le monde. Ils sont ensuite allés au village, visiter l'atelier d'un ébéniste.

Pierre Dessac. Il est très réputé. Il travaille pour le Louvre. C'est lui qui restaure tous nos meubles.

Le brigadier releva la tête et le fixa d'un air étrange.

— Vous en parlez comme si c'était les vôtres.

— Je parle au nom du domaine, brigadier.

— Je vois, dit l'enquêteur qui ne voyait rien du tout. Poursuivez.

— Ma cousine Claudine Imbert et son amie Violette Laguille sont arrivées vers 16 heures.

— L'heure exacte ?

— Je ne sais pas. Claudine pourra peut-être vous renseigner.

— Vous semblez brouillé avec les horaires. Poursuivez.

— Je les ai installées dans mon logement de fonction. Leur séjour n'était pas prévu et les deux gîtes du domaine sont complets. Les adhérents de la SIAC occupent le gîte de la duchesse, et celui des princes d'Espagne est en travaux.

— Pourquoi ces dames sont-elles venues ?

— Le maire de Valençay, qui était juré d'honneur, a la grippe, il n'a plus de goût ni d'odorat. La présence d'un élu français était importante pour le président de la SIAC, à cause des correspondants étrangers. Claudine a gentiment accepté de remplacer notre maire au pied levé.

— Juré de quoi ?

Jean-Paul chercha des yeux une bouteille de whisky, de cognac ou de n'importe quoi d'un peu fort à ingurgiter et susceptible de l'extraire un instant de cet interrogatoire en forme de tunnel, mais il ne vit qu'un verre à eau vide, posé sur la table de nuit[1]. Il se résigna à détailler

1. L'abus d'alcool est dangereux pour la santé, ne tentez surtout pas de reproduire cette expérience chez vous.

le fonctionnement du trophée Carême. Ses explications semblèrent satisfaire la gloutonnerie intellectuelle du gendarme.

— Bien, poursuivez.

— Tout le monde s'est retrouvé à 17 heures dans la galerie pour le goûter d'ouverture.

— Tout le monde ? C'est-à-dire ?

— Les membres de la SIAC, ma cousine Claudine, Violette Laguille, M. Cornillon, moi-même et deux serveurs. Les concurrents nous ont rejoints et le président a fait son discours inaugural.

— Qui sont ces concurrents ?

— Cinq pâtissiers venus de différentes villes de France afin de gagner le trophée Carême décerné par la SIAC, débita Jean-Paul d'une voix morne. Théophile Vernet vous donnera leurs noms. Ils ont été sélectionnés parmi un millier de candidats.

— Gilles Charpentier était présent ?

— Oui, il a discuté, mangé, bu, pas mal d'ailleurs. C'est pour ça que son absence n'a choqué personne au moment de l'apéritif, nous avons pensé qu'il le sautait et nous rejoindrait au repas.

— Et entre les deux ? Vous n'avez pas goûté jusqu'à 20 heures ?

— Les adhérents avaient quartier libre, je ne sais pas ce qu'ils ont fait, mais je ne les ai pas croisés. Ma cousine et son amie sont retournées dans leurs chambres et se sont changées pour le dîner, les membres de la SIAC ont certainement fait de même puisqu'ils étaient tous en tenue de soirée. De mon côté, j'ai aidé les serveurs à ranger la galerie. Les pâtissiers étaient en cuisine, ils préparaient le repas. M. Cornillon était dans son bureau.

Nous organisons une grosse exposition pour ce printemps et il a beaucoup de travail en ce moment.

Jean-Paul avait débité le tout d'une traite. Il était assez fier de lui, il commençait à choper le truc et à anticiper les questions du gendarme.

— Poursuivez.

— Comme je vous l'ai expliqué, j'ai trouvé bizarre que M. Charpentier ne vienne pas dîner. Je suis allé à sa chambre, j'ai frappé, personne n'a répondu. Je suis entré et l'ai trouvé assis dans ce fauteuil, à côté de la fenêtre. J'ai prévenu M. Cornillon. Nous ne pouvions plus rien faire pour ce pauvre homme. Afin de ne pas troubler les convives et de préserver le travail des candidats, nous avons décidé de cacher le décès jusqu'à ce matin.

— Vous possédez un curieux sens des responsabilités, monsieur Berthoux. Je le rappellerai au directeur. Voyons d'abord ce M. Vernet. Où est-il ?

15

Les bonnes discussions font les bons amis

Le président de la SIAC était dans le petit salon. Tassé dans une bergère XVIIIe, les épaules voûtées, sa moustache ébouriffée par l'émotion, il avait pris dix ans en quelques minutes. Il écoutait la conférence du matin dans le grand salon lorsque Violette l'avait exfiltré et entraîné dans la pièce voisine. Elle lui avait dévoilé le décès de Charpentier avec toute la douceur possible, mais le vieil homme paraissait hagard.

— Gilles, mort... J'étais bien étonné de ne pas le voir hier soir ni ce matin, mais il se montrait parfois individualiste. C'était tout à fait dans son genre de faire bande à part. Le malheureux a dû être victime d'une crise cardiaque, l'effet secondaire d'un médicament, peut-être ?

Violette s'abstint de souligner que peu de traitements contiennent du cyanure. Elle posa doucement sa main ornée d'un gros rubis sur le bras du vieil historien.

— Parlez-moi de M. Charpentier, murmura-t-elle. Il m'a semblé assez... différent des autres membres de votre cercle.

Le président frotta ses paumes l'une contre l'autre et plissa la bouche, comme s'il hésitait à parler.

— Je suis une tombe, assura Violette.

Son air innocent et ses yeux bleus encouragèrent Théophile Vernet. Il redressa son long buste et prit une profonde inspiration.

— Eh bien… c'est vrai. Gilles était une personnalité particulière.

Charpentier tenait une critique culinaire hebdomadaire dans un grand quotidien parisien. *Voilà donc pourquoi son visage m'était familier*, se dit Violette. Elle l'avait vu dans le journal. Son travail exigeant qu'il écume les restaurants, il avait contacté la SIAC et proposé de partager ses expériences sur le blog de la société. Autant faire d'une pierre deux coups, avait-il expliqué au président, et faire bénéficier gratuitement les adhérents de ses visites. Entre passionnés, il fallait s'entraider. Touché par sa générosité et son enthousiasme, Théophile Vernet l'avait coopté auprès des membres de la SIAC et Gilles Charpentier avait été intronisé. Mais très vite, les choses s'étaient gâtées.

— Il a commencé à critiquer notre façon de faire, souffla le président. Il nous trouvait vieux jeu, il répétait que la société sentait la poussière, que la *street food fusion* était l'avenir et que nous devions remplacer le trophée Carême par une nouvelle compétition ouverte à la cuisine internationale.

Sa voix caverneuse enfla.

— Ce n'est pas la vocation de la SIAC ! Nous ne sommes pas là pour élire le meilleur sushi ou le burger le plus original, nous sommes les gardiens de l'esprit de Carême et de son œuvre. Ce n'est pas la cuisine française qui a été déclarée patrimoine immatériel de l'humanité par l'Unesco, mais le repas à la française, et cela, c'est Carême qui l'a codifié. Nous ne pouvons pas le trahir !

— Vous le lui avez expliqué ?

— Gilles n'était pas un idiot, il connaissait l'histoire de la gastronomie, il savait tout cela, mais s'en moquait. Nous lui avons rappelé nos statuts. Il a dit qu'il était temps de, je cite, « secouer la poussière des tapis ». Je lui ai répondu que moi vivant, jamais nous ne sacrifierions l'art culinaire pour être soi-disant à la mode.

Encore ébranlé par l'affront, le vieil universitaire ballotta de la tête.

— La mode ! répéta-t-il d'une voix amère. Les modes passent, la beauté reste. Il m'a appelé « le croque-mort en chef ».

— Comment ont réagi les autres sociétaires ?

— Ils étaient aussi choqués que moi. Plusieurs d'entre eux ont proposé de le radier.

— Vous l'avez fait ?

Théophile baissa la tête.

— Non, dit-il les yeux fixés sur le tapis.

— Pourquoi donc ? Vous sembliez unanimes.

— Je craignais qu'il n'alerte tout le milieu gastronomique. Il était capable d'écrire une tribune contre nous, de nous traîner dans la boue. Il était très connu, y compris à l'étranger. Avant de devenir chroniqueur, il avait travaillé comme conseiller culturel dans des ambassades. La SIAC a besoin de mécènes, un scandale les effraierait.

Reprenant ses esprits, il demanda si un médecin avait été prévenu. Violette lui assura qu'il arriverait d'un moment à l'autre, ainsi que la gendarmerie. Il déplia son corps de faucheux et se leva.

— Je dois réunir les concurrents et leur annoncer la fin du concours.

— Pourquoi donc ?

— Nous ne pouvons pas continuer comme si de rien n'était !

— Bien sûr que si. Pensez à ces pauvres artisans qui s'escriment depuis deux jours ! Ce trophée est trop important pour eux, il serait injuste qu'ils ne puissent pas aller au bout de leurs rêves[1]. Un homme comme Gilles Charpentier ne mérite pas qu'on les punisse.

Théophile considéra un instant la vieille dame et, à son tour, posa la main sur son bras.

— Vous êtes une personne bien, Violette. Vous permettez que je vous appelle Violette ?

— Bien sûr.

— Appelez-moi Théophile. Vous savez, la plupart des gens qui vont au restaurant se goinfrent de bonnes choses sans jamais avoir une pensée pour ceux qui les leur offrent.

Gênée par l'émotion du vieil homme, Violette tenta de dissimuler son embarras par une réflexion acide :

— Ce n'est pas un cadeau, on les paye tout de même, et la note est de plus en plus salée dans les étoilés.

— Vous comprenez très bien ce que je veux dire. Bien sûr que l'on paye, tout comme le chef paye à son fournisseur ses tomates et ses côtelettes d'agneau. Mais l'argent ne doit pas effacer le respect. Et vous avez du respect pour le travail des autres. C'est rare.

Violette détourna les yeux, troublée. Si elle aimait plus que tout être admirée et mener son monde à la baguette,

1. L'autrice espère que vous avez la chanson bien en tête… #coupvicieux

susciter l'estime la mettait mal à l'aise. Elle n'était pas sûre de la mériter[1].

L'entrée du brigadier rompit le charme.

— Brigadier Desnoyers. Vous êtes M. Vernet ?

— Oui, monsieur. Théophile Vernet.

— Je crois qu'on vous a informé du décès de Gilles Charpentier ?

— Mme Laguille vient de me l'apprendre. Je suis sidéré, monsieur, pardon, brigadier. Ce décès est si brutal, inattendu ! Gilles était l'un de nos plus jeunes membres.

L'agitation le fit se rasseoir, sous l'œil inquisiteur de Desnoyers, qui enchaîna :

— Vous étiez ami avec le défunt ?

— Ami, c'est beaucoup dire, nous n'étions pas proches. Confrère, plutôt. Gilles était le trésorier de la société que j'ai l'honneur de présider.

— Vous savez s'il avait des soucis de santé ?

— Pas que je sache, bredouilla le vieil homme.

Le gendarme ne put en tirer que de pauvres informations. Théophile Vernet expliqua que le défunt était célibataire, sans enfants. Il répéta que Charpentier ne s'était jamais plaint de soucis de santé ni de soucis en général. Il était très actif au sein du monde gastronomique et de la société, son décès était inexplicable. Positivement inexplicable.

— Bien, dit le brigadier en refermant son calepin d'un geste sec. J'imagine que les autres membres de la SIAC le connaissaient ?

1. Même Violette souffre du syndrome de l'imposteur, c'est dire la virulence de ce mal !

— Plus ou moins, Gilles Charpentier était assez misanthrope.

— Peu importe. Il me faudra le nom de vos adhérents. Ainsi que celui des pâtissiers participant au concours.

— Vous êtes sûr ? balbutia le président. Les concurrents ne connaissaient pas Gilles.

— On ne sait jamais.

— Bien. M'autorisez-vous à prévenir nos membres ?

— Allez-y, mais personne ne quitte le château pour l'instant.

— Il y a peu de risques, dit le vieil homme en se levant. Nous sommes tous venus en train et M. Berthoux nous a récupérés à la gare avec l'estafette du domaine. Nous sommes coincés ici comme des lapins dans un terrier.

16

Qui a peur d'un œuf a peur d'un bœuf

Le père Marcel, le curé de Mouy-sur-Loire, sortait de l'église. Il avait célébré la messe de 9 heures devant une assemblée plus réduite encore que d'ordinaire. Malgré ses efforts, il voyait la fréquentation baisser inexorablement depuis trente ans et la tendance s'était accélérée ces cinq dernières années. Son ingéniosité lui avait permis de sauver les baptêmes et les enterrements : menuisier de formation, il troquait son savoir-faire contre une présence à la messe ou la préparation à un sacrement. Une table en noyer contre le baptême du petit dernier, une étagère en chêne pour deux messes dominicales, la restauration d'un buffet ancien pour les quatre dimanches de l'avent. Mais entre les deux bornes marquant le départ et l'arrivée dans la vie de ses concitoyens que formaient ondoiements et funérailles, les gens ne se pressaient pas à l'église. La faute à une société déchristianisée. Ou à Ikea.

On était samedi et c'était jour de marché, une bonne occasion pour le père Marcel de rabattre quelques ouailles afin de regarnir les bancs de la messe du lendemain. Il tirait la porte de l'église, s'apprêtant à se mêler aux badauds et aux forains, lorsqu'une voix familière l'interpella :

— Vous avez une minute, monsieur le curé ?

Se retournant, il se trouva nez à nez avec la femme de Jacky Mousset, un panier de courses au bras. Elle était toujours discrète, cachée comme une souris dans l'ombre de son mari. Ce matin, elle semblait plus affolée que jamais.

— Bien sûr, Marie.

Elle jeta un regard alentour pour s'assurer que personne ne les observait. Le perron de l'église était désert et le brouhaha du marché, au bout de la place, montait à peine jusqu'à eux. Elle se lança.

— Voilà, je suis très inquiète, Claudine n'est pas chez elle.

— Elle doit être à la mairie.

— Non, non, elle n'est pas là, elle est partie.

Le vieux prêtre se mordit les lèvres pour ne pas rire.

— Elle est majeure, vous savez, Marie, et elle a le permis de conduire, elle a le droit de prendre sa voiture et d'aller faire un tour.

Marie se rapprocha du père Marcel et chuchota :

— Elle ne répond pas au téléphone.

— Écoutez, il est peut-être déchargé, ou elle est trop occupée pour répondre, elle se promène dans les bois, elle range sa cave, que sais-je. Je ne vois là rien d'alarmant.

Marie sembla au bord des larmes.

— Elle déteste marcher, mon père. Et c'est toujours Michel qui fait le grand ménage de printemps. D'ailleurs, il est trop tôt, nous sommes encore en hiver.

Le curé trouvait de plus en plus étranges les propos de sa paroissienne.

— Printemps ou hiver, on décide de ranger sa cave quand on veut, ma chère Marie.

— Je l'ai appelée trois fois hier et deux fois ce matin, elle ne répond pas, ne rappelle pas. Ce n'est pas normal. Je ne voulais pas y penser, mais…

Elle hésita, puis souffla :

— Jacky dit que Michel l'a peut-être tuée.

Le curé sursauta, comme piqué par la queue fourchue d'un diablotin, et son sourire s'effaça.

— Qu'est-ce que vous avez dit ?

— Que Michel… Heu… Michel a peut-être…

Le regard du père Marcel étincela.

— Votre mari est cinglé ! tonna-t-il. S'il continue à colporter des saloperies sur ses frères en Dieu, je vais le convoquer et lui faire réciter une bonne paire de chapelets ! À défaut de paire de claques, ça lui remettra les idées en place !

Marie jeta des regards affolés autour d'eux.

— Moins fort, mon père !

La place était heureusement assez vaste pour que les Mouytois agglutinés autour des étals d'endives et de poireaux ne puissent les entendre.

— Je sais que Jacky n'est pas très, enfin, qu'il est un peu… Mais il n'a peut-être pas tort, parce que quand Michel m'a ouvert la porte, il avait du sang sur sa chemise et il cachait quelque chose dans un torchon.

Stupéfait, le vieil homme la dévisagea. Elle était sérieuse. Il inspira profondément, puis souffla si vigoureusement que les cheveux de sa paroissienne se soulevèrent. Elle recula d'un pas, manqua glisser sur la marche usée, et serra son panier contre elle comme pour s'y accrocher.

— Marie, j'ai célébré votre mariage et baptisé vos trois enfants, je leur ai donné leur première communion et j'ai reçu leur profession de foi. Je vous ai toujours considérée comme une femme de bon sens. Vous avez déjà entendu parler d'un meurtre au torchon ?

Il martelait les mots d'une voix calme, si calme qu'elle en était presque effrayante.

— Mais, mon père, balbutia Marie, Claudine répond toujours au téléphone ! Mon inquiétude est normale, n'est-ce pas ?

— Ce qui est anormal, c'est de suspecter un brave homme, un homme que vous connaissez depuis que vous êtes née, d'avoir commis un meurtre !

À demi cachée derrière son panier, Marie baissa la tête en se tordant les mains.

— Vous avez raison, c'était une pensée stupide, Michel ne ferait jamais ça. Pardon, mon père.

La tension du curé baissa d'un cran.

— Ce n'est pas auprès de moi qu'il faut vous excuser, mais auprès de Michel. Mieux vaut qu'il ignore ce que vous avez osé penser de lui.

Voyant la malheureuse à deux doigts d'éclater en sanglots, il s'adoucit.

— Allons, Marie, c'est tout à votre honneur de vous inquiéter de Claudine, mais quand vous êtes en week-end chez des amis, est-ce que vous répondez toujours au téléphone ?

— Non.

— Claudine a bien le droit de souffler un peu et de couper son portable, rappelez-vous tout ce qu'elle fait pour la ville. Elle est sur la brèche sept jours sur sept, on l'appelle au secours pour tout et n'importe quoi, les gens ne sont jamais contents, ils veulent toujours plus de services, de lampadaires, d'événements culturels, ils réclament une médiathèque et une piscine, mais en payant toujours moins d'impôts.

— C'est vrai, souffla Marie.

— Elle remplit sa paperasse jusqu'à 20 heures, poursuivit le curé, et depuis trois mois, elle assure même le service du déjeuner à la cantine ! Mettez-vous à sa place. Vous n'aimeriez pas vous offrir un petit break, vous ?

— Vous avez raison, mon père. Mais en vérité, j'ai aussi eu peur que Claudine n'ait quitté Michel.

Et comme le curé la fixait d'un air stupéfait, elle expliqua d'un ton précipité :

— Je sais combien le rôle de maire est difficile et Michel le sait aussi, puisqu'il a été à sa place il y a plusieurs années, mais savoir ne suffit pas toujours... Imaginez un peu, si Claudine avait craqué, tout largué et était partie... Ils sont mariés depuis trente ans ! Moi, je pense que Michel pourrait se foutre en l'air. Pardonnez l'expression, monsieur le curé, mais c'est la vérité. Ça expliquerait le sang. Il a peut-être essayé de se trancher les veines.

Le regard éberlué du père Marcel lui donnant envie de fuir, Marie bredouilla une ou deux autres phrases, descendit le perron de l'église et tourna les talons.

En regardant sa paroissienne s'éclipser vers la rue Grande, le curé ressentit un certain malaise. Le doute l'envahit brutalement. Et si elle avait raison ?

17

Un petit chez-soi est moi fatigant qu'un grand château

Lorsque Théophile Vernet rejoignit les membres de la SIAC dans le grand salon, ils comprirent que quelque chose clochait avant même qu'il ouvre la bouche ; sa mine était encore plus solennelle qu'à l'ordinaire. Sur une échelle de un à cent, elle frôlait les quatre-vingt-dix-huit points.

La journée avait pourtant commencé de façon paisible pour ces messieurs. Ils digéraient leurs croissants maison en écoutant Ernest Peteers présenter sa conférence d'ouverture du séminaire, une communication sur l'histoire du feuilletage inversé autour duquel la communauté gastronomique se déchirait depuis deux siècles – certains l'attribuaient à Antonin Carême, d'autres à son illustre prédécesseur, Raguenau[1]. Le chercheur bruxellois avait exhibé des archives incontestables et s'enorgueillissait de clore la querelle.

L'annonce de la mort du trésorier fit oublier cette avancée sensationnelle et manqua retourner l'estomac

1. Une chose est sûre, le feuilletage inversé est plus fin et croustillant.

des participants. Le teint pâle de Li Kang verdit et celui d'Ernest Peeters devint écarlate.

— Ce type nous aura cassé les pieds jusqu'au bout, siffla Dave Higgins.

Ernest Peeters était trop courtois pour renchérir, mais il l'avait mauvaise. En décédant, Gilles Charpentier lui volait son moment de gloire.

— Un grossier personnage ! assena Tommy Smith, soutenu par une vague de murmures.

Le président sentit que la situation dégénérait : le défunt était à deux doigts de subir un lynchage post-mortem. Il haussa la voix.

— Messieurs, cette triste nouvelle ne doit pas nous empêcher de poursuivre nos travaux, mais elle modifie légèrement notre planning. Nous devrons prévenir lundi nos membres de ce décès. Afin de laisser à ceux qui le souhaitent le temps de se présenter au poste de trésorier, nous repousserons notre assemblée générale.

— Et en attendant ? demanda Ernest.

— Eh bien…

Un instant déstabilisé, le président se tut. Le brigadier avait précisé que tout le monde devait rester à sa disposition. Quelle occupation pouvait-il leur offrir ? Les esprits n'étaient plus disposés à discuter du programme du séminaire et l'heure n'était pas à un tournoi de bridge. Il eut une brusque inspiration.

— Nous allons visiter le château. M. Berthoux se fera certainement un plaisir de nous guider. Je vous demande un peu de patience, je vais le chercher.

Les chuchotements d'approbation le réconfortèrent. Il était très content de son idée. Avec la somme d'anecdotes que le régisseur connaissait sur le monument, il détournerait les esprits du drame. Restait à le convaincre d'assurer la visite. Où pouvait-il être ?

Il trouva le régisseur dans la cour, marchant de long en large en guettant le médecin. Qui n'arrivait pas. Jean-Paul Berthoux commençait à trouver la situation désagréable. Sans atteindre le niveau de nervosité de son supérieur, il aspirait à se débarrasser de Gilles Charpentier. Or, le brigadier avait été clair : le corps ne bougerait pas tant que le médecin n'avait pas effectué les constatations légales. Il avait ajouté d'un ton narquois :

— Vous le gardez depuis hier, vous n'êtes plus à quelques heures près.

Transformé malgré lui en conservateur de morgue, Jean-Paul accueillit assez fraîchement la suggestion du président. Il n'avait pas l'esprit à jouer les conférenciers. Cependant, la mine déconfite de Théophile Vernet lui fit pitié et il s'adoucit.

— Je vais demander à M. Cornillon d'assurer la visite.

Le directeur préférerait certainement la tâche de guide à la gestion de l'irascible docteur et de l'agaçant gendarme. Le président lui saisit les mains avec effusion.

— Merci de votre aide, cher monsieur !

— Rassemblez vos amis dans le hall, M. Cornillon vous y rejoindra.

Pétri de reconnaissance, le vieil homme partit informer ses ouailles. La vue de Violette Laguille, déambulant dans le salon de musique, acheva de le ravigoter. Cette dame au sourire si doux et aux tenues si élégantes lui faisait l'effet d'un saint-honoré. Une perfection de finesse. Il vérifia discrètement dans le miroir que son gilet en laine était correctement boutonné.

— Chère madame, M. Cornillon va faire visiter le château aux sociétaires. Voulez-vous vous joindre à nous ?

La proposition était faite avec un tel enthousiasme que Violette n'osa pas avouer qu'elle préférait découvrir les trésors du lieu seule et à son rythme.

— Volontiers, cher monsieur.

— Merveilleux ! Je vais également inviter M. van Breecht à suivre la visite.

M. Cornillon prit sa tâche de guide très à cœur. S'il connaissait moins bien le monument que son adjoint, il débordait de bonne volonté. Il commença par les étages. Les visiteurs admirèrent la fameuse tiare en or évoquée la veille, les décorations de Talleyrand, sa collection d'épées de cérémonie, sa chaussure orthopédique, son testament, son bureau, sa chambre, celle de sa maîtresse la duchesse de Dino, sa salle de bains – le duc possédait décidément le sens du confort –, avant d'attaquer l'enfilade de salons au rez-de-chaussée.

Talleyrand avait pensé à beaucoup de choses mais pas à installer un ascenseur. L'âge moyen de la troupe frôlant les 75 ans, la visite prit un certain temps car on monta et descendit les escaliers avec un luxe de précautions et les genoux un peu raides. La tournée s'acheva au sous-sol, que les membres de la SIAC brûlaient de découvrir car il abritait les légendaires cuisines. Un frisson d'exaltation parcourut le petit groupe lorsqu'il s'engouffra dans le couloir voûté.

— Enfin ! s'exclama Li Kang, les yeux brillants d'excitation.

La perspective de pénétrer dans cette pièce mythique avait effacé sa mauvaise humeur.

Le couloir central desservait une série de pièces voûtées. Chacune était dédiée à un usage précis. Il y avait une buanderie, un cellier, une cave à vins. Ernest et Dave s'extasièrent devant les casiers débordant de bouteilles poussiéreuses, dont la plupart étaient certainement imbuvables, songea Violette. En levant la tête, elle remarqua de longs coffrages blancs formant des T sur la voûte du couloir.

— Qu'est-ce donc ? demanda-t-elle, intriguée, au directeur.

— Les conduits pour le chauffage central installé par le prince. La chaufferie est là-bas, au fond du sous-sol, et ces conduits alimentent tout le château. Vous avez peut-être remarqué dans le grand salon des plaques en métal doré incrustées dans le parquet ? Il s'agit des bouches soufflant l'air chaud dans chaque pièce.

— C'est incroyable de constater que le chauffage par le sol existait il y a plus de deux siècles ! s'extasia la vieille dame. Dire que l'on prend nos ancêtres pour des arriérés…

— Talleyrand était un pur produit de l'aristocratie du XVIIIe et n'avait aucune envie de vivre au fin fond du Berry. C'est Napoléon qui lui a intimé d'acheter ce domaine si loin de Paris, afin d'y accueillir les princes d'Espagne qu'il retenait en otage. Le duc a fait contre mauvaise fortune bon cœur et puisqu'il était obligé d'y vivre, a décidé de rendre le château aussi confortable que possible. Et voici la cuisine.

La pièce était éclairée par de larges soupiraux. On pouvait facilement imaginer que la lumière y entrait à flots, mais ce midi, des rafales de pluie frappaient les vitres et il avait fallu allumer les lustres – faussement XVIIIe.

— Heureusement que nous ne visitons pas les jardins, glissa Li Kang à Tommy Smith.

Ce dernier eut une moue attristée. S'il appréciait la gastronomie, il aimait aussi le jardinage et avait très envie de découvrir le parc. Le temps était contre lui depuis le début du week-end ; il avait oublié ses bottes et les bois étaient impraticables en chaussures de ville. Comme pour le narguer, un coup de tonnerre fit vibrer les murs et une cascade d'éclairs illumina les casseroles en cuivre de toutes les tailles alignées sur les bat-flanc.

Les sociétaires s'étaient égaillés dans la pièce, admirant chaque détail. La cuisinière en fonte ronflait comme une forge. Guillaume Pierre, Jean-Claude Piémontain, Mathis Leclerc, Lili Deviers et Léonard Juillet s'agitaient tous les cinq, l'un devant une casserole, l'autre devant un tas de légumes émincés.

— Tous ces gens dans nos pattes, pesta Guillaume. Qu'est-ce qu'ils foutent là ?

Pour une fois, Léonard partageait son avis. On était à une heure du déjeuner, ils étaient en plein coup de feu ; cuisiner entouré de quatre concurrents acharnés et sur une cuisinière à charbon était assez acrobatique sans qu'il faille y ajouter une troupe de touristes.

Ignorant les regards noirs des pâtissiers, le directeur poursuivit sa logorrhée. Il avait pris de l'assurance et ne faisait plus grâce à son auditoire d'aucun détail[1]. Les produits frais, viandes, fruits ou lait, expliqua-t-il, étaient conservés dans les *glacières*, des grottes creusées

1. L'autrice était bien partie pour faire de même, mais l'éditeur a eu pitié des lecteurs et a mis le holà. Elle a donc retiré, à regret et en boudant, trois pages de descriptions.

dans le parc. Les cuisiniers de l'époque y accédaient par des souterrains. Il fit admirer le potager, une sorte de cuve de pierre dans laquelle on rangeait les légumes, et le torréfacteur, une rareté commandée par Talleyrand[1]. Des menus d'époque étaient affichés au mur, protégés par des vitrines.

— Tous ont été servis au château, expliqua le directeur en les désignant. Ils ont été préparés avec le matériel que vous voyez, ainsi que le font aujourd'hui les aspirants au trophée Carême.

Un vacarme métallique fit tressaillir l'assistance. Marcus van Breecht, vers qui tous les regards s'étaient tournés, rougit.

— Je suis désolé, balbutia-t-il en resserrant autour de lui les pans de sa cape noire.

Le lainage lourd et ample s'était accroché à la poignée d'une casserole, emportant une ribambelle de timbales en cuivre et de couverts. Avec de grands gestes maladroits, le chanteur se baissa pour rattraper les ustensiles qui avaient roulé jusqu'au milieu de la pièce.

— Laissez, je vais m'en occuper, dit M. Cornillon.

Accroupi au sol, Marcus s'évertuait à récupérer une cuillère qui avait glissé sous un billot.

— La moindre des choses est de réparer mes bêtises.

— Cet homme est le roi des maladroits, grommela Dave. Hier après-midi, lors de la visite chez l'ébéniste, il a renversé la moitié de l'établi, des pointes en bronze

1. Le prince de Talleyrand raffolait du café et en buvait des litres. Il avait acheté une machine à torréfier pour déguster à volonté du café frais.

ont roulé partout. Il a fallu une demi-heure pour tout ramasser.

— Regarde-moi ce boulet ! renchérit Guillaume Pierre.

On finit par récupérer les vingt-cinq cuillères et une dizaine de brochettes, que Mathis Leclerc jeta dans l'évier.

Le directeur acheva la visite avec le sentiment d'avoir remporté un marathon.

— Je m'en suis très bien tiré, annonça-t-il avec fierté à Jean-Paul.

— Bravo, monsieur. Maintenant, pouvez-vous emmener tout le monde à la salle à manger et les occuper jusqu'au déjeuner ?

— Encore ? gémit le directeur. Mais je ne suis pas animateur du patrimoine, moi, je suis conservateur ! Vous aviez promis que vous géreriez nos hôtes, Jean-Paul.

— Je sais bien, monsieur, mais l'orage se rapproche et il m'inquiète. Je dois vérifier que les animaux vont bien.

18

Inquiétude non partagée n'est inquiétude qu'à moitié

Comme tous les domaines de son époque, Valençay avait longtemps été autosuffisant grâce à ses terres agricoles. Les centaines d'hectares entourant le château fournissaient blé, viande, œufs, fruits, légumes, lait et poissons en quantité. Ne subsistait de cet âge d'or qu'une miniferme pédagogique créée pour les touristes. Elle accueillait des poules, des chevrettes, des moutons et des cochons. Jean-Paul fit consciencieusement le tour de leur domaine et vérifia les clôtures. Tout était en ordre, les animaux restaient calmes malgré l'orage et grignotaient qui sa pâtée, qui son foin.

Satisfait, il rentra au château et troqua ses bottes crottées contre une paire de mocassins propres. Il suspendit sa cape mouillée et gagna la salle à manger. Les invités étaient déjà installés autour de l'immense table ovale. Le régisseur se glissa à côté de sa cousine.

Tout en mangeant l'entrée, une terrine de brochet – pêché dans le Nahon, la rivière longeant le domaine –, Claudine Imbert s'étonnait auprès de Tommy Smith, son voisin de gauche :

— Je n'imaginais pas que des repas associatifs puissent être aussi élégants.

Le correspondant anglais arborait une veste à revers de satin et un nœud papillon.

— La société célèbre la cuisine française telle qu'Antonin Carême l'a instituée. L'art de la table et la présentation des plats sont aussi importants que leur goût et la qualité des produits cuisinés. Tout doit être parfait et la tenue des convives participe à ces rituels. La France est incroyable ! En Grande-Bretagne, nous avons Oxford et Cambridge, mais rien d'équivalent au Mont-Saint-Michel, à Versailles ou à Chambord. Votre ville possède-t-elle un beau patrimoine, madame ?

L'hôtel de ville de Mouy-sur-Loire, dont elle était si fière, faisait figure de cabane de bûcheron face à Valençay, mais en tant que premier édile, elle se devait de défendre le statut de sa commune.

— Nous avons un joyau, une abbaye cistercienne construite par Foulque Nerra entre 1050 et 1067 et dont le cloître est classé.

— Ah, une abbaye du XIe siècle ! Du pur roman, magnifique !

Claudine rosit de fierté.

— Et ce n'est pas tout, poursuivit-elle, l'église de la paroisse a le privilège de conserver une partie du corps de saint Roch, le patron protecteur des épidémies et des vignerons.

— Oh, des reliques ? *Wonderful !* Son cœur ?

— Ses oreilles.

L'Anglais la regarda et sa mâchoire resta bloquée en position *on*.

— Vous dites ?

— Ses oreilles, répéta la mairesse. Dans un très beau reliquaire baroque.

Tommy Smith était trop bien élevé pour cracher dans son assiette. Il avala stoïquement sa bouchée de brochet puis, pour digérer l'information, se servit un grand verre d'eau.

Autour de la table, tout le monde ne partageait pas la bonne humeur de Claudine. Violette avait tiré de son sac à main un minuscule carnet dans lequel elle inscrivait le détail des plats servis et s'appliquait à oublier les effluves d'amande humés plus tôt. Aussi étrange qu'elle soit, cette mort ne la regardait pas. Si Gilles Charpentier avait été tué – et elle en était quasiment certaine –, aux enquêteurs de s'en débrouiller.

Le serveur-jardinier réapparut avec des perdreaux rôtis dont l'odeur emplit la salle à manger. Mais elle ne parvenait pas à rester concentrée sur son assiette. Le défunt semblait peu regretté, songeait-elle en observant les convives. Personne n'avait souhaité saluer sa dépouille ni évoquer sa mémoire et les mines de ses confrères étaient davantage préoccupées que chagrinées. Le correspondant coréen paraissait avoir avalé un couteau et le secrétaire, le Bruxellois au crâne ovale comme un œuf, découpait un peu trop nerveusement sa volaille. Il semblait aussi fébrile que le président. Seul Carlo Forte, le correspondant italien, se montrait totalement accaparé par son rôle de juré. Le nez dans son assiette, il auscultait du bout de sa fourchette chaque mets, avant de griffonner des pattes de mouche dans son propre carnet.

Intérieurement pourtant, le Napolitain bouillait. Devait-il révéler la conversation qu'il avait surprise la veille lors du goûter d'inauguration ? Et si oui, à qui devait-il se confier ? Des gendarmes ne comprendraient certainement pas l'importance de l'information et le directeur du château lui semblait incapable de prendre une décision. Quant au régisseur, Carlo ignorait si ce dernier était digne de confiance.

Assis sous le portrait de Louis-Philippe, Théophile Vernet picorait, encore secoué par l'interrogatoire du brigadier. Ce week-end qui s'annonçait comme le faîte de son œuvre se transformait en film d'horreur avec cadavre dans les fauteuils tapissés de soie et soupçons généralisés. Dire que quarante-huit heures plus tôt, il était dans sa chambre, les doigts de pied en éventail devant sa valise, en train de réfléchir au meilleur agencement de sa brosse à dents et de ses fascicules universitaires… S'il avait su, il ne se serait pas fait tant de mouron. Il ignorait, à ce moment-là, ce qu'était un réel problème. Du bon sortait malgré tout de ce cauchemar, songea-t-il en traversant les salons : il était débarrassé de Gilles Charpentier.

Il avait connu un olibrius de ce calibre lorsqu'il était jeune chargé de cours à la Sorbonne. Un bonhomme du nom de Maximilien Curius. Complexé sans doute par son patronyme ridicule, il maltraitait les assistants, les contredisait devant les élèves, les ignorait en réunion sitôt qu'ils osaient prendre la parole, opposait son veto à chacune de leurs demandes de budget, oubliait d'intégrer leurs communications dans la revue de l'université dont il était directeur de publication. Bref, Curius savonnait la planche aux malheureux qui croisaient sa route jusqu'à ce qu'ils tombent. Théophile n'avait pas échappé à sa perversité ; il n'avait dû son salut qu'à la mort de

Curius, emporté par un AVC trois mois après l'arrivée de Théophile. Gilles Charpentier était lui aussi parti pour le rendre chèvre et aurait certainement réussi s'il avait vécu un ou deux ans de plus. La dernière assemblée de la SIAC avait été horrible.

La disparition du trésorier soulageait donc Théophile, mais il appréhendait le séminaire. Comment se déroulerait l'assemblée générale ? Charpentier minerait-il d'outre-tombe les votes ? D'autres membres reprendraient-ils son flambeau ? Le président avait confiance en Ernest, le secrétaire, mais craignait les positions des correspondants étrangers, certains le trouvant trop vieux. Ils l'avaient soutenu jusque-là par opposition à Charpentier, mais celui-ci disparu, ils choisiraient peut-être un autre président, quelqu'un de plus jeune, plus moderne.

En face de lui, Marc Cornillon aurait été bien en peine de décrire le contenu de ses assiettes ; il les avait vidées sans regarder ce qu'il mangeait, trop préoccupé par la future exposition. C'était bien le moment de gérer en même temps un séminaire et une enquête de police ! Heureusement, les concurrents ne réclamaient rien. *Pourvu que ça dure*, songea-t-il en mâchonnant une bouchée de pain.

Le silence régnant soudainement dans la salle à manger lui fit relever la tête. Les cinq concurrents étaient entrés et les convives gardaient les yeux rivés au chariot de desserts couvert de gâteaux. En tant qu'hôte, M. Cornillon estima qu'il était de son rôle de féliciter les pâtissiers.

— Bravo ! s'écria-t-il en tapant dans ses mains.

Ses applaudissements s'éteignirent. Cinq gâteaux trônaient sur des présentoirs argentés, dont une pièce montée. Et celle-ci s'affaissait à vue d'œil. Au sommet de la pyramide de choux décorée de crème au beurre coloré et d'arabesques en sucre filé, un cygne en nougatine piquait lentement du nez. Les jurés, pétrifiés, guettaient la chute. Personne n'osait intervenir.

— Il faut faire quelque chose! s'exclama enfin Violette, brisant la chape de silence.

— Trop tard, murmura Dave. Il va tomber.

— Mais non, il est bien collé, le caramel, c'est solide, dit Claudine.

L'Américain n'eut pas le temps de lui expliquer les propriétés physiques du sucre cuit : le cygne s'écrasa avec un bruit mat sur le gâteau voisin.

Guillaume Pierre parvint à se contenir jusqu'à la cuisine, mais une fois loin des jurés, il se précipita vers la grande table. Il attrapa les casseroles, les plats, les culs-de-poule et les jeta un à un contre le mur où ils rebondirent avec fracas.

— Arrête! cria Mathis Leclerc.

— Ta gueule!

Lili Deviers pleurait silencieusement. Le cygne avait écrasé son entremets. Elle avait été si fière de son nappage multicolore! Pour la première fois de sa vie, elle était persuadée d'avoir surpassé ses confrères.

Brusquement, Guillaume saisit Léonard Juillet par le col et le secoua comme une salade.

— C'est toi qui as niqué mon chef-d'œuvre! hurla-t-il. Saloperie! Raclure!

— T'es complètement parano, rétorqua Léonard en se dégageant. C'est pas de ma faute si t'es pas foutu de réussir un caramel.

Pour toute réponse, Guillaume le lâcha et se retourna vers le bat-flanc, où il saisit une broche.

— Toi, je vais te finir.

Il tomba à genoux avant d'avoir le temps de se jeter sur le jeune homme. JC, qui se tenait derrière lui, lui avait collé un coup de rouleau à pâtisserie sur le crâne.

— La prochaine fois, j'appelle les gendarmes, dit-il en fixant froidement Guillaume Pierre. À ce que j'ai vu, ils ne sont pas loin.

Muet de rage et de douleur, celui-ci se releva et tituba vers le couloir.

— Merci, balbutia Léonard.

JC reposa son arme improvisée sans répondre. Des scènes comme celle-ci, il en avait vu un paquet en cuisine. Seul l'ustensile changeait. Un jour la fourchette, un jour la poêle. La broche à volaille, en revanche, c'était inédit.

19

On ne fait pas de diagnostic sans examiner de cadavre

La notation des desserts divisa les jurés. C'était la première fois qu'ils étaient confrontés à une telle situation. Devaient-ils tenir compte de l'aspect visuel du gâteau de Lili Deviers ? Dave Higgins, Carlo Forte et Li Kang, inflexibles, étaient pour et votaient l'élimination pour défaut esthétique. Théophile Vernet, Violette Laguille et Claudine Imbert estimaient quant à eux que la malheureuse pâtissière était la victime collatérale des erreurs de son rival. Marc Cornillon et Tommy Smith n'osaient se prononcer, le premier, parce qu'il ne se voyait aucune légitimité, le second, parce qu'on lui reprochait régulièrement son palais douteux d'anglo-saxon.

Afin de trancher, on fit revenir Lili et on lui demanda de détailler les étapes du montage de sa pièce. La vue de son chef-d'œuvre écrasé sous le cygne de Guillaume l'accabla de désespoir. Aucun son ne parvint à franchir ses lèvres.

— Avez-vous quelque chose à dire, mademoiselle Deviers ? répéta Théophile Vernet.

— Eh bien, balbutia la jeune femme en se tordant les mains.

La voix grondante du président lui avait fait perdre ses dernières forces.

— Non, murmura-t-elle en baissant la tête pour cacher ses larmes.

— Très bien. Le jury va délibérer.

Comme elle franchissait la porte de la salle à manger, le correspondant américain lança :

— J'ignore comment cette jeune fille est parvenue jusqu'en finale, mais une chose est sûre, ce n'est pas sa place. Cette pièce n'a aucune symétrie.

— J'ai toujours dit que les femmes n'ont rien à faire en cuisine, ajouta une voix à l'accent italien.

Lili Deviers redescendit en cuisine, les yeux brouillés par les larmes.

Le jury vota à main levée. La voix du président l'emporta et Lili obtint la moyenne de justesse. Le secrétaire consigna rigoureusement l'épisode dans le journal des débats, puis tout le monde s'égailla. Le directeur retourna s'enfermer dans son bureau, et les membres de la SIAC, dans la bibliothèque pour découvrir les livres rares du château.

Jean-Paul, qui avait guetté d'une oreille la voiture du médecin durant tout le déjeuner, rejoignit le gîte de la duchesse où Desnoyers attendait avec la même impatience. Il avait appelé le cabinet pour tenter d'accélérer la venue du praticien, mais le téléphone avait sonné dans le vide. Le brigadier en avait été réduit à prendre son mal en patience. C'était un homme consciencieux. Il était donc resté posté au rez-de-chaussée, surveillant l'accès à la chambre du défunt. Le régisseur avait proposé de lui apporter un en-cas, il avait décliné l'offre – règle de déontologie n° 1, ne jamais rien accepter des témoins – et il avait envoyé son adjoint lui chercher un sandwich à la boulangerie. Il l'avait mâchonné mélancoliquement, assis dans la salle commune du gîte. En prenant soin de faire de minuscules bouchées mâchées chacune sept fois, il était parvenu à s'occuper une petite demi-heure. Depuis, il tuait le temps en préparant son compte rendu.

L'apparition du régisseur l'arracha à son pensum.

— Pas de nouvelles du médecin ?

— Non, répondit celui-ci. Il finira bien par arriver.

— Espérons que ce soit avant la semaine prochaine.

Comme s'il avait été doué de télépathie, le docteur poussa la porte. Son visage, sa chemise et même sa mallette étaient fripés. Il fonça vers le gendarme.

— Montrez-moi le chemin.

Vexé d'être interpellé de façon si cavalière, le brigadier le toisa, mais le médecin n'était pas homme à se laisser intimider par deux malheureux galons.

— J'ai des vivants qui m'attendent et qui ont de la fièvre. Montrez-moi le chemin, répéta-t-il avec impatience.

Maté, le gendarme se leva et se dirigea vers l'escalier.

— Bon, il est mort hier, vers 19 heures. Poison, très probablement. Le rapport du légiste vous confirmera tout ça et précisera la substance.

Le médecin ôta ses gants et fouilla dans sa mallette à la recherche du formulaire de décès. Il ne s'embarrassait pas de circonlocutions. Il exerçait à Valençay depuis trente ans et toute la ville connaissait son caractère abrupt.

Interloqué, Desnoyers considéra le corps puis le praticien assis au petit bureau, occupé à remplir ses papiers.

Son sandwich était à deux doigts de quitter son estomac. Le décès se transformait en meurtre et l'investigation de routine en enquête criminelle. En soi, il n'avait rien contre un crime qui pimenterait son labeur quotidien, mais il se demandait pourquoi diable on avait liquidé ce Parisien snob aux confins de l'Indre et de la Sologne. C'était incompréhensible.

— Vous êtes sûr, docteur ?

— Pas besoin d'avoir un DIU[1] de toxicologie, brigadier. Votre bonhomme mangeait trop et ne faisait pas assez d'exercice, mais c'est le cas de 87 % de la population masculine âgée de 50 ans et plus. Ce n'est pas ce qui l'a tué, il avait au moins cinq ans devant lui. Il a avalé un truc pas catholique, mais comme je ne suis pas un laboratoire mobile, je ne peux pas vous dire quoi.

— Il ne peut pas s'agir d'une intoxication alimentaire ?

— Dans ce cas, il aurait vomi. Or, il a convulsé. Les signes sont évidents. Ingestion d'une substance toxique.

— Comme par exemple, du cyanure, murmura Jean-Paul.

— Ça ou autre chose, rétorqua le médecin. Mais avec ce teint-là, le cyanure est une bonne piste. Il donne les joues roses, comme les carottes. Voilà votre papelard, brigadier.

Il ferma son stylo, tendit le formulaire au gendarme et désigna une porte entrebâillée à droite du lit.

— La salle de bains est là, Berthoux ?

1. LE DIU est un diplôme interuniversitaire, délivré conjointement par des facultés et/ou des écoles qui ont élaboré un programme commun.

— Oui.

Le praticien disparut derrière le battant. Resté seul avec le régisseur, le brigadier lui jeta un regard suspicieux.

— Pourquoi évoquez-vous le cyanure ?

— J'ai dit ça comme j'aurais dit autre chose. C'est le premier mot qui m'est venu à l'esprit en entendant parler de poison.

— Vous savez ce qu'il a mangé avant de mourir ?

Le régisseur, qui le savait fort bien, fit mine de racler des bribes de souvenirs.

— Pour le repas de midi, c'était un assortiment de produits locaux.

— Détaillez-moi ça.

— J'avais préparé un déjeuner froid. Du pâté de sanglier, de la terrine de cerf, du fromage, de la tarte aux oignons du potager, énuméra le régisseur. Et bien sûr, des vins de Valençay. Les chèvres et les pâtés sont fabriqués dans des fermes qui nous fournissent depuis des années, nous n'avons jamais eu de problèmes.

Le gendarme nota.

— Il suffit d'une fois.

— Personne n'a été malade, rétorqua Jean-Paul qui tenait à défendre ses fournisseurs. M. Charpentier se portait très bien, comme tout le monde.

— Et ensuite ?

— Le goûter d'accueil a été servi sous forme de buffet. Le jury était au complet, chacun a goûté à toutes les pâtisseries, puisqu'il s'agit d'évaluer la production des candidats. Je ne vois pas comment un meurtrier aurait pu réussir à empoisonner uniquement M. Charpentier. Il aurait provoqué une hécatombe.

— La victime n'a rien mangé d'autre ?

— Quand nous l'avons découvert, une assiette était posée à côté de lui. Elle contenait des petits choux glacés. Peut-être que là… Mais j'ignore d'où ces gâteaux provenaient. Ils ressemblaient à ceux servis lors du goûter.

— Montrez-moi ça.

À nouveau, Jean-Paul parut honteux.

— Avant de fermer la chambre, j'ai pris l'assiette pour jeter les restes. Ils risquaient d'attirer les souris, une plaie pour le mobilier précieux contre laquelle nous nous battons.

— De mieux en mieux ! s'écria le sous-officier. Après avoir tripoté le corps, vous avez détruit des indices, voire des preuves !

Le médecin surgit du cabinet de toilette, les mains encore humides.

— Je remballe. Évidemment, vous connaissez l'article R363 du code des communes et l'article 74 du Code pénal.

La mine renfrognée, le brigadier acquiesça.

— Pas de don du corps, pas de soins de conservation, pas de transport du corps avant la mise en bière vers la résidence du défunt ou vers un établissement de santé, pas d'admission avant mise en bière en chambre funéraire, récita-t-il à l'intention du régisseur.

— Alors, on le garde là ? demanda celui-ci d'une voix blanche.

Le gendarme se fit magnanime.

— On appellera les pompes funèbres dès que j'aurai eu le procureur. Ensuite, j'interrogerai tous les témoins.

— Mais… il n'y en a pas. Gilles Charpentier est mort seul dans sa chambre.

— Qu'en savez-vous ? Vous étiez présent ?

— Non, bredouilla le régisseur, mais nous étions tous occupés, enfin, je crois.

— Je vais m'en assurer. Où est le téléphone ? Le réseau portable ne passe pas dans ce fichu château.

— Dans mon bureau.

— Allons-y. Ponthin surveillera la chambre.

20

La belle cage ne nourrit pas l'oiseau

M. Cornillon était enfermé – ou plus exactement terré – dans son bureau. L'apparition du gendarme et l'annonce d'une enquête pour empoisonnement achevèrent de le liquéfier. Après avoir fait tomber ses lunettes et renversé sur le tapis une pile de dossiers, il corrobora en bredouillant les dires de son collaborateur. Ils avaient découvert Gilles Charpentier dans son fauteuil aux alentours de 20 heures, l'avaient placé sur le lit, avaient fermé la chambre. Il avait conservé la clé avant de la confier à Claudine Imbert, une femme tout à fait sérieuse.

— Personne ne s'est plaint de douleurs d'estomac, de vomissements ? s'enquit le gendarme.

— Non, non. Jean-Paul Berthoux est consciencieux, il a l'œil à tout ; si l'un des participants avait montré des symptômes, il l'aurait su et me l'aurait aussitôt fait remonter.

Le brigadier n'en tira rien de plus. Il se fit montrer le fichier de réservation des gîtes, releva les noms et qualités de l'ensemble des personnes présentes sur le domaine et quitta le directeur d'assez méchante humeur.

Le procureur joint au téléphone lui avait aimablement signalé qu'il ne comptait pas traverser le département de l'Indre un samedi après-midi, sous une pluie battante et par un froid de gueux, pour une mort potentiellement suspecte. Dans le doute, il déléguait Desnoyers pour analyser les circonstances du décès et entendre les témoins. Or, la liste consignée dans le calepin du gendarme était encore longue. Six adhérents de la SIAC et cinq concurrents, sans compter le personnel du château.

Desnoyers consulta sa montre. Les multiples digressions de M. Cornillon lui avaient fait perdre un temps précieux. Il était 15 h 30 et il lui restait une dizaine de personnes à interroger. À raison de vingt minutes par témoin, il risquait de souper au château. Le plus urgent était de poursuivre l'interrogatoire des individus ayant découvert le corps, il verrait les autres témoins le lendemain.

Il avait entendu le régisseur et le directeur, restait à rencontrer les dénommées Violette Laguille et Claudine Imbert. Et surtout à les trouver. Le château était immense et il se demanda comment dénicher ces dames dans un tel labyrinthe.

— Où est passé Berthoux ? grommela-t-il.

Son guide avait disparu. Le brigadier hésita à retourner toquer à la porte du directeur, mais songea qu'il se débrouillerait mieux seul. Tant bien que mal, il trouva le chemin du logement du régisseur. Il frappa deux coups secs et entra sans attendre la réponse. La maréchaussée était partout chez elle.

Une femme d'une soixantaine d'années, aux cheveux courts et gris, était assise dans un fauteuil dodu à droite de la cheminée.

— Gendarmerie, madame.

Elle referma précipitamment son livre et se leva.

— Oh, vous voilà enfin ! Bonjour ! Jean-Paul vous a expliqué la situation ?

Desnoyers détestait les questions lorsqu'elles ne venaient pas de lui. Il esquiva.

— Vous êtes sa cousine ?

— Tout à fait. Claudine Imbert.

— Je souhaite vous entendre. Il m'a dit que vous étiez présente lors de la découverte du corps.

— Pas exactement, je ne l'ai vu que ce matin, mais si je peux vous être utile…

Son amabilité glissa sur le brigadier qui tira son calepin et son stylo.

— Vos noms, prénoms, qualités ?

Le gendarme Ponthin s'était posté à l'entrée du château pour guetter le véhicule des pompes funèbres et, comme à son chef, le temps lui paraissait long. Au bout d'une heure, les employés n'étaient toujours pas là. Traverser Valençay, ce n'était pourtant pas aller de la porte Maillot à la porte de Bercy à l'heure de pointe ! L'avancée du toit offrait un maigre abri contre la pluie et le malheureux sentait son képi et ses chaussures se transformer en éponges.

Alors qu'il vérifiait l'heure pour la trente et unième fois, deux coups de klaxon lui firent relever la tête. Une fourgonnette noire franchit au pas la grille et s'arrêta à l'extrémité de la cour. Il n'eut pas le temps d'en accueillir les occupants : Desnoyers surgissait au trot d'un bâtiment voisin.

— Vous vous croyez où pour klaxonner ? lança-t-il sèchement aux deux hommes qui descendaient du véhicule. Au cirque Pinder ?

— Pardon, chef, dit le plus âgé, on avait peur d'écraser quelqu'un. Avec la pluie, on n'y voit goutte.

Il ouvrit les portes arrière et extirpa un brancard.

— C'est par où, chef?

L'enlèvement du corps fut bien plus rapide que l'attente l'ayant précédé. En quelques minutes, Gilles Charpentier fut placé dans une housse noire, puis sur la civière. Le brigadier escortait les deux croque-morts jusqu'à leur véhicule lorsqu'il croisa un homme aux cheveux rouges qui s'aplatit contre le mur de l'entrée en avisant le groupe et son chargement funèbre.

Machinalement, le brigadier s'arrêta et l'interpella.

— Vous êtes ?

— Marcus van Breecht.

— Membre de la SIAC ?

— Pas du tout, je suis chanteur.

Desnoyers avait mauvais caractère, mais bonne mémoire. Il fronça les sourcils.

— Personne ne m'a parlé de vous. Vous habitez ici ?

— Non, M. Vernet m'a engagé pour la soirée de gala.

Le brigadier avait ressorti son calepin ; il nota. Il nota également l'accent de l'individu.

— Vous êtes français ?

— Néerlandais. Il y a eu un vol au château ?

Un étranger. *Intéressant*, songea Desnoyers. Ignorant la question, il décida de pousser l'interrogatoire. On n'était jamais trop prudent. Ce Van Breecht faisait peut-être du trafic de drogue, la Hollande était réputée pour ses produits sulfureux. En plus, c'était un artiste.

— Bien. Donnez-moi vos noms complets, date de naissance, lieu de travail…

— Chef, interrompit l'un des porteurs, notre client pèse son petit poids. On peut y aller ?

Desnoyers, qui avait oublié leur présence, leur fit signe que oui. Il se retourna vers le chanteur.

— Suivez-moi.

Les réponses de la vieille dame au visage pincé qu'il interrogea ensuite lui semblèrent aussi ineptes que celles de Marcus van Breecht. À croire que les témoins étaient tous frappés de stupidité. Déplorant que l'heure et les urgences du service engendrées par la tempête le contraignent à interrompre ses interrogatoires, il se rassura en songeant que tous les protagonistes étaient bloqués au château. L'orage nocturne avait provoqué une coupure d'électricité sur une partie du réseau ferré et la desserte de Valençay était suspendue jusqu'à nouvel ordre. Si quelqu'un se carapatait malgré tout, cela simplifierait les choses en lui désignant l'éventuel coupable.

Il récupéra le gendarme Ponthin et leur jeune adjoint volontaire, engouffra son petit monde dans le véhicule et se replia vers la brigade.

Carlo Forte et Tommy Smith n'avaient pas vu la voiture bleue arriver au château, mais ils la virent franchir le portail et s'éloigner. Ils avaient profité d'une pause pour sortir quelques instants se dégourdir les jambes dans la cour.

— Ils sont certainement venus au sujet de Charpentier, dit l'Anglais dans sa langue natale. Bon débarras, pourtant.

— Cette mort a affecté au moins une personne, grommela le Napolitain.

— Ne me dis pas que tu le regrettes, Forte !

Le visage bronzé de Carlo se crispa.

— Pleurer ce gros balourd qui mangeait de la mozzarella avec ses linguines ? Jamais de la vie.

— *So, what ?*

— Je sais ce que je sais, dit l'Italien en pressant le pas pour rentrer.

Sa voix acide intrigua Tommy. Jamais il n'avait entendu Carlo critiquer un sociétaire. Les deux hommes se retrouvaient une fois par an, lors de l'assemblée générale de la SIAC, mais ils échangeaient par e-mail chaque semaine ou presque. Ils comptaient parmi les plus jeunes membres de l'association, ce qui les avait rapprochés. Carlo se montrait toujours jovial, plein d'esprit et d'humour, généreux, prompt à partager ses bonnes adresses et ses recettes. Ce ton hargneux ne lui ressemblait pas.

— Charpentier était connu pour marcher sur les orteils des gens[1]. Dis-moi donc qui le regrette ?

— Oublie mes paroles, Tommy. D'ailleurs, le décès de Charpentier est peut-être une libération pour cette personne.

1. « *Step on someone's toes* », disent nos amis britanniques.

21

À brushing, brushing et demi

À Mouy-sur-Loire, Marie n'avait qu'une envie, courir chez Claudine afin de s'assurer qu'elle allait bien. Les arguments du vieux prêtre n'étaient pas parvenus à la tranquilliser. Mais elle avait rendez-vous chez la coiffeuse et elle était trop bien élevée pour lui poser un lapin.

Elle traversa la place du marché, passa devant le *Café de la Poste*, tourna à droite et arriva devant le salon de coiffure. C'était bientôt la Saint-Valentin. La vitrine était décorée de coussins de roses artificielles en forme de cœurs et une pancarte annonçait une promo sur les produits coiffants : pour deux produits achetés, le troisième était offert[1].

Marie poussa la porte. La bonne odeur de laque et de shampoing dissipa un instant son inquiétude. Le salon bourdonnait d'activité, comme tous les samedis. La tête hérissée de papillotes argentées, Pauline, la marchande de chèvre, papotait avec la gérante du Super U pendant

1. Dans la limite des stocks disponibles, l'offre porte sur le produit le moins cher – offre non cumulable avec une autre promotion.

que sa couleur posait. Une mère et sa fille se faisaient couper les cheveux par Manon, la coiffeuse, et la jeune apprentie.

Carole releva la tête en entendant le tintement du carillon. Son sourire *ultra bright* s'effaça devant la mine de sa cliente.

— Tu as l'air tout chose, Marie. Tu es malade ?

— Je ne sais pas si je peux te le dire…

— C'est ton mari, c'est ça ? Qu'est-ce que ce minable a encore inventé pour te faire la misère ?

— Non, non, balbutia Marie. Jacky n'y est pour rien.

Elle cligna des yeux et prit une grande inspiration. Le rouge aux joues, elle se pencha en avant et souffla :

— Claudine a disparu.

— Comment ça ?

— Je l'appelle depuis deux jours et elle ne répond pas.

— Elle n'est pas chez elle ?

— Non. J'y suis passée hier, Michel était seul.

Interloquée, la patronne écarquilla les yeux.

— Claudine ne part jamais ! Jamais !

— Le père Marcel dit que je perds la tête.

— Tout curé qu'il est, c'est bien un homme ! Il n'a jamais entendu parler des féminicides ? Plus de cent femmes sont assassinées chaque année par leur compagnon.

Les conversations s'étaient tues. La mère, la petite fille, Manon, la patronne du Super U, l'apprentie et Pauline étaient désormais suspendues aux lèvres de Marie, qui souffla :

— Tu crois que…

Carole la fixa d'un air grave qui valait les pires réponses.

— Oh mon Dieu, gémit une cliente, pauvre Claudine.

— Attention, je ne dis pas qu'il est arrivé quelque chose, je dis juste que tout est possible.

— Je serais toi, j'irais jeter un œil chez elle, lança Pauline.

— Elle a raison, dit Manon, ça ne coûte rien de se rassurer.

La patronne du Super U, qui ne voulait pas sembler indifférente au drame éventuel, renchérit.

— Parfois, un petit geste sauve une vie.

Marie n'osait pas riposter. Elle n'avait pas imaginé que Michel puisse avoir malmené son épouse, au contraire, elle craignait que celui-ci, désespéré, n'ait opté pour une solution aussi radicale que stupide. Peut-être était-il encore temps de stopper ses desseins. Son regard affolé alla des unes aux autres, avant de se tourner vers Carole.

— Est-ce que… Est-ce que ça t'ennuie si j'annule mon rendez-vous ?

La gérante agita la main d'un air magnanime.

— C'est une situation d'urgence. Je ne te le facturerai pas.

— Merci, Carole, dit Marie, éperdue de reconnaissance.

Tournant les talons, elle se précipita vers la porte.

22

Chat en colère n'a pas de manières

Claudine Imbert avait répondu de son mieux à l'interrogatoire et quitté le gendarme assez énervée. Elle possédait le complexe des honnêtes gens, craignant de proférer une bêtise ou d'incriminer malgré elle un innocent, et dans le doute, avait répété : « Je ne sais plus », ce qui l'avait rendue suspecte aux yeux du brigadier. L'entretien avait traîné, il lui avait fallu répondre à des questions plus bizarres les unes que les autres, le gendarme allant jusqu'à s'enquérir du lycée où elle avait été scolarisée en 1980. Quel rapport avec le décès, quarante années plus tard, d'un homme qu'elle n'avait côtoyé qu'une heure entre deux bouchées de tartelette ?

Elle avait réfréné son exaspération et, enfin libérée par l'inquisiteur, sorti son téléphone pour appeler son mari. L'écran affichait zéro réseau.

Elle rempocha son portable en pestant et rejoignit Jean-Paul dans son bureau, où il triait des courriers.

— Dis donc, le téléphone ne passe pas, ici ?

— Le château est en zone blanche.

— Ah, je comprends mieux pourquoi je n'ai reçu aucun message de Michel. Je pensais qu'il boudait.

— Je peux te laisser le temps de lui passer un coup de fil.

Claudine hésita puis secoua la tête. La situation était trop complexe pour être exposée en trois minutes et elle répugnait à monopoliser le bureau de son cousin, celui-ci ayant manifestement du travail.

— Je vois que toi aussi tu croules sous la paperasse, dit-elle en pointant les papiers étalés.

— Ne m'en parle pas, un endroit comme ici est un cauchemar administratif. Le moindre changement d'ampoule doit être validé par dix administrations différentes, chacune répondant dans un délai de quatre à six semaines, et quand on arrive au bout du processus, le prix des fournitures ou des matériaux a augmenté entretemps de 20 %. Alors pour éviter de manger leur marge, les entrepreneurs, qui sont malins, incluent cette donnée dans le devis initial. Les montants deviennent faramineux, forcément, et on accuse les rénovations de coûter un pognon de dingue. C'est à s'arracher les cheveux. Le drame est que nous sommes dépendants des subventions, donc de ces administrations. Depuis l'arrivée du directeur, j'essaie de le convaincre de trouver d'autres ressources, comme ce séminaire, mais avec cette histoire d'empoisonnement, le filon me semble compromis.

Claudine se laissa choir dans un cabriolet XIXe aux dorures fatiguées[1].

---

1. C'est pour cette raison qu'il a échoué dans le bureau du régisseur. Claudine le jugea néanmoins plus confortable que les chaises de la salle à manger, qui manquaient de moelleux.

— Quelle affaire ! Lorsque Violette a évoqué un meurtre, j'espérais tant qu'elle se trompe… Malheureusement, d'après le brigadier, elle a vu juste. Cette femme est extralucide.

— Desnoyers t'a cuisinée toi aussi ?

— Oui, soupira-t-elle. Je me demande bien où tout cela va nous mener.

— Je n'aime pas la façon dont il m'a interrogé. J'avais l'impression d'être un tueur en puissance.

Claudine pâlit.

— Quelle bêtise ! Tu n'avais jamais rencontré ce Charpentier avant hier.

— Je le sais bien, mais cette affaire exaspère le brigadier. Il pensait effectuer une simple constatation de décès et il tombe sur un meurtre. Il cherche un coupable, peu importe qui, pourvu que l'affaire soit bouclée rapidement.

— C'est forcément l'un des sociétaires qui a fait le coup. Ils étaient les seuls à connaître Charpentier.

Jean-Paul étouffa un petit rire.

— J'ai du mal à imaginer Théophile Vernet trucider quelqu'un.

Il éteignit son ordinateur et se leva.

— Le brigadier a raison, j'ai été idiot de jeter ces pâtisseries.

— Elles ne nous auraient pas raconté qui les avait fourrées à la mort-aux-rats. Jusqu'à preuve du contraire, les gâteaux ne sont pas doués de parole.

— Qui sait ? murmura Jean-Paul.

Tout en regagnant le corps principal du château, la mairesse se repassa le fil des événements. Qui pouvait détester Gilles Charpentier au point de lui servir des petits-fours mortels ? Car l'arme du crime ne pouvait être que le contenu de cette assiette en porcelaine posée sur le guéridon à côté du défunt. Ces pâtisseries n'étaient pas tombées du ciel, quelqu'un les avait forcément apportées à la victime, et donc, les avait prises en cuisine. Les pâtissiers détenaient certainement des informations. Il fallait les interroger. Mais il était hors de question de partager cette piste avec ce gougnafier de brigadier. Elle mènerait l'enquête seule. Enfin, presque.

Elle partit en chasse de Violette Laguille, qu'elle débusqua au premier étage, dans la salle du trésor, en train d'admirer la fameuse tiare en or.

— Violette, cette affaire de chroniqueur empoisonné ne sent pas bon, nous devons agir.

— Comme vous y allez, soupira Violette, les yeux rivés à la vitrine. Vous avez vu à quel point cette tiare est minuscule ? On dirait un chapeau de bébé. Il fallait être complètement idiot pour croire qu'elle avait pu coiffer un empereur.

Impitoyable, Claudine la saisit par le bras et la força à pivoter vers elle.

— Ce n'est pas le moment de faire du lèche-vitrine. Vous aviez raison, cette mort est louche et le gendarme en charge de l'enquête semble aussi futé qu'un raton laveur. Si nous le laissons faire, il est capable d'incarcérer mon cousin ou ce pauvre directeur.

Enfin arrachée à sa contemplation, Violette éclata de rire.

— Quelle idée stupide ! L'un comme l'autre ont tout à perdre. Ils adorent le château et un meurtre n'est pas le meilleur moyen d'attirer les touristes.

— Détrompez-vous, les gens adorent les crimes. Ils sont capables de payer un billet d'entrée juste pour venir renifler l'odeur du sang.

— Dans ce cas, je retire ce que je viens de dire : votre cousin et le directeur forment une belle paire de suspects. Ce gendarme a peut-être le nez creux.

Les joues de Claudine s'empourprèrent.

— Sottises ! Cet homme est stupide, il n'a même pas demandé à fouiller les poubelles pour récupérer les gâteaux qui étaient dans la chambre, il a préféré me demander en quelle année j'avais eu le bac et vérifier dans son fichier si Michel s'était fait pincer pour des excès de vitesse. Jean-Paul est un agneau, quant à M. Cornillon, il tourne de l'œil rien qu'en apercevant l'oreille d'un cadavre. À nous de le faire entendre à ce Desnoyers dur de la comprenette. Vous l'avez rencontré ?

Violette Laguille émit un reniflement de mépris. Le brigadier l'avait interrogée en deux coups de cuillère à pot, la jugeant manifestement aussi inoffensive qu'insignifiante. De son côté, elle l'avait trouvé hargneux et arrogant. Son attitude n'avait rien de commun avec celle de l'adjudant Pelfort qui officiait à Mouy-sur-Loire[1]. Desnoyers se montrait aussi agressif que Pelfort était posé. Pelfort était curieux, Desnoyers était suffisant. Pelfort interrogeait, Desnoyers intimait. Prendre les gens de haut n'était pas la meilleure façon d'obtenir des confidences, avait pensé la vieille dame en quittant la pièce.

— Alors ? reprit la mairesse. Vous êtes prête à m'aider ?

---

1. Voir les tomes précédents, *Une certaine idée du paradis* (Calmann-Lévy, 2020) et *Un futur presque parfait* (Calmann-Lévy, 2022).

Violette, qui s'était retournée vers la vitrine, hésita. Elle était tiraillée. D'un côté, elle était venue profiter d'un week-end de rêve et n'avait aucune envie de s'épuiser à interroger les uns et les autres – l'expérience lui avait révélé que les enquêtes étaient des opérations fatigantes et dangereuses. D'un autre côté, le meurtre du trésorier avait déjà réduit en bouillie sa tranquillité. Les manières du brigadier lui déplaisaient autant que celles de feu Gilles Charpentier et elle doutait de leur efficacité.

Puisque la sérénité de son séjour était anéantie, autant participer à la résolution du problème au plus vite.

— Bien, soupira-t-elle. Enquêtons. Comment comptez-vous procéder, ma chère ?

— Je suis convaincue que Charpentier a été tué grâce aux gâteaux. Or, il était trop imbu de sa personne pour descendre les chercher lui-même en cuisine.

— C'est vrai, c'était le genre à prendre les serveurs pour des valets et à les siffler en criant : « Au pied ! »

— Donc quelqu'un les lui a apportés, enchaîna la mairesse.

— Mais nous ignorons si le serveur et l'empoisonneur sont une seule et même personne. C'est le point essentiel à éclaircir. Si nous savons qui a apporté les choux, nous pourrons chercher s'il a un mobile, et s'il n'en a pas, découvrir l'identité de son donneur d'ordre. Dans ce cas, les concurrents qui sont restés en cuisine jusqu'au dîner sont notre meilleure piste. Allons discuter avec eux.

D'un pas décidé, elle se dirigea vers l'escalier. Claudine la suivit avec un sourire de satisfaction.

Les concurrents s'affairaient déjà à la préparation du dîner. Mathis Leclerc était plus serein que d'ordinaire, Léonard Juillet et JC, tendus. Lili Deviers était muette et se concentrait sur son nouveau chef-d'œuvre, consciente qu'il s'agissait de sa dernière chance. Guillaume Pierre était arrivé le dernier et, avec des gestes brusques, avait installé son poste. Son visage et son cou étaient très rouges. Il émincait des panais en marmonnant. *Il a bu*, jugea JC. Son regard croisa celui de Mathis ; celui-ci partageait manifestement son opinion.

Seule Lili s'interrompit en voyant entrer Violette Laguille et Claudine Imbert.

— Vous cherchez quelque chose ?

— Nous avons une ou deux questions à vous poser, dit la vieille dame.

Comme les autres pâtissiers continuaient de l'ignorer, elle saisit une louche et frappa un faitout en cuivre. Le vacarme fit sursauter Mathis, Léonard et JC.

— Qu'est-ce qui se passe ? grogna Guillaume Pierre, qui sortait du cellier en tenant un plat de gelée.

Satisfaite d'avoir obtenu l'attention générale, Violette reposa son ustensile et demanda :

— Gilles Charpentier est-il venu ici hier ?

— Qui ? s'enquit Mathis Leclerc en s'essuyant le front d'un revers de manche.

— Gilles Charpentier, le critique culinaire. Vous le connaissez certainement ? Un homme de 55 ans environ, petit, les cheveux collés sur le crâne, l'air très content de lui. Il était membre du jury.

Léonard Juillet esquissa un sourire et secoua la tête.

— Je ne vois pas, marmonna Guillaume Pierre.

— Aucun d'entre vous ne l'a aperçu dans les cuisines après le goûter ?

— Non, dit Mathis Leclerc.

— Il n'est pas venu chercher une assiette de choux ?

— Non, dit Lili Deviers.

— Le règlement interdit aux jurés d'entrer dans les cuisines, dit JC d'une voix sèche.

— Les règlements sont faits pour être contournés, rétorqua Claudine.

Mathis Leclerc croisa les bras d'un air assuré.

— Nous n'avons vu personne ici, excepté les serveurs.

— Et le groupe lors de la visite guidée ce matin, précisa Léonard Juillet.

— Aucun plateau de petits-fours n'a disparu ?

Guillaume Pierre souffla d'un air excédé.

— On a autre chose à faire que les compter, le jury en mange autant qu'il veut.

— Chacun envoie et un serveur monte les desserts en fonction des ordres qu'il reçoit là-haut, précisa Léonard Juillet en désignant le plafond d'un coup de menton.

— Personne ne vous a demandé de porter une assiette de mignardises à M. Charpentier hier en fin d'après-midi ?

— Madame, on est pâtissiers, pas serveurs, répondit le jeune Martiniquais, et il est interdit d'avoir un contact personnel avec les jurés. Des gâteaux offerts en privé seraient considérés comme de la corruption. S'il se fait pincer, le concurrent qui fait ça sera éliminé direct.

Appuyé contre la table à côté de Lili, Jean-Claude était resté silencieux.

— Pourquoi toutes ces questions ? demanda-t-il enfin.

La vieille dame n'hésita qu'un instant. Le brigadier Desnoyer allait interroger tout le monde, concurrents compris ; ils seraient bientôt au courant.

— M. Charpentier a eu un malaise hier soir.

— Il a avalé un éclair de travers, ricana Guillaume Pierre.

— Quelque chose dans ce goût-là, en effet, rétorqua Violette. Il est mort.

Lili poussa un petit cri et Guillaume rougit.

— Vous imaginez qu'on l'a empoisonné, peut-être, grogna-t-il.

— Ai-je dit cela ?

Sa question tomba dans un silence à couper au couteau.

— Reprenons. Qui est venu dans les cuisines entre 18 et 19 heures ?

— On vous l'a dit, murmura Lili, personne, sauf un serveur.

— Lequel ?

— Je ne sais pas, vous savez, nous on est concentrés sur nos préparations.

Violette Laguille insista.

— Aucun d'entre vous ne l'a identifié ?

— C'était juste une silhouette en noir, dit Guillaume Pierre. Avec leur habit de pingouin, les deux se ressemblent. Ils regardent si c'est prêt, montent ce qu'on leur demande, et voilà. Ils nous parlent s'il manque un plat, mais sinon, on tape pas la causette.

— Merci de votre coopération, susurra la vieille dame.

Elle se dirigeait vers la porte lorsqu'une voix s'éleva :

— Est-ce que la mort de ce type change quelque chose au concours ?

— Si c'est le cas, M. Vernet vous en informera, lança sèchement Claudine.

Sitôt que les deux femmes eurent disparu, chacun retourna à son activité, à l'exception de Guillaume. Immobile au milieu de la pièce, il reniflait son plat d'un air soupçonneux. Brusquement, il plongea son doigt dans la gelée et le porta à la bouche. Il releva la tête et fusilla du regard Léonard.

— Tu as mis du vinaigre dans ma gelée !

— N'importe quoi, rétorqua le jeune Martiniquais.

— Je t'ai vu ! hurla Guillaume. Ce matin, tu es resté une heure à farfouiller dans le cellier ! Je t'ai vu, connard, ne mens pas ! Flinguer ma pièce montée ne t'a pas suffi ?

Indigné, Léonard leva le poing et le projeta en avant de toutes ses forces. La pommette de Guillaume rendit un bruit mat. Passé le moment de stupéfaction, celui-ci saisit son concurrent par le col.

— Je vais te tuer, articula-t-il.

— Pas avant que je t'en recolle une !

Lili Deviers, qui était restée figée derrière le torréfacteur en cuivre, s'avança pour s'interposer. Guillaume la repoussa d'une bourrade.

— Dégage, la grognasse !

— Cette fois, ça suffit. Je vais le dire au président du jury.

— « Je vais le dire au président », singea Guillaume. Tu vas pleurnicher comme un bébé ? Tu veux quoi ? Qu'il te donne une sucette et un bon point ? Pauvre dinde !

Furieuse, la jeune femme se tourna vers les deux concurrents silencieux.

— Jean-Claude, fais quelque chose, toi !

L'autre vérifia d'un regard qu'aucun ustensile pointu ou tranchant ne traînait à portée de main des belligérants puis secoua la tête.

— Laisse-les se débrouiller, ils sont grands.

Lili lui jeta un regard gorgé de mépris.

— Je te prenais pour un mec bien, mais tu es exactement comme lui, un pauvre type.

Léonard Juillet, qui s'était dégagé, réajusta sa veste et regagna son poste à côté de Mathis Leclerc.

— Ça va ? lui chuchota le benjamin.

Sans répondre, le jeune Martiniquais saisit un couteau.

— Tu peux t'escrimer à découper ta pâte en dentelle, ricana Guillaume, de toute façon, c'est moi qui gagnerai.

Il n'y a pas intérêt, pensa Jean-Claude. *Te donner le trophée Carême, ce serait comme décerner la Légion d'honneur à un terroriste!* Guillaume Pierre incarnait tout ce que JC détestait dans le métier : le bruit, l'arrogance, la violence, l'égoïsme. Tout ce qui l'avait poussé à fuir les cuisines étoilées du palace où il était chef pâtissier afin d'ouvrir sa boutique, à hypothéquer son appartement, à travailler nuit et jour pendant un an. Tout ce qui l'avait épuisé. Tout ce qui avait écrasé ses rêves. Guillaume Pierre était un nuisible, comme Gilles Charpentier. La veille, quand les concurrents avaient été présentés au jury, le critique ne l'avait pas reconnu, mais lui, oui, bien sûr. On n'oublie pas celui qui vous poignarde. Il avait toutes ses chances en se mettant à son compte. Jusqu'à ce que Charpentier le flingue. Une boule d'amertume lui monta à la gorge. Il cligna des paupières pour chasser de son esprit le visage du chroniqueur. Celui-là ne ferait plus de mal à personne, mais Guillaume Pierre, lui…

Penché sur la cuisinière, Guillaume ruminait sa rage. Peut-être que le caramel n'avait pas supporté l'humidité, mais la gelée, elle, ne s'était pas salée toute seule. Il n'était pas stressé au point de confondre le jus de pomme et le vinaigre ! Quelqu'un s'était amusé à bousiller sa préparation, sachant qu'il n'aurait pas le temps d'en confectionner une nouvelle. Ce n'était pas Lili Deviers, elle était trop idiote pour imaginer un plan pareil, et trop peureuse pour l'exécuter. Piémontain ? Non, sous prétexte qu'il était vieux et qu'il avait eu son affaire, il se prenait pour un cador et se sentait au-dessus des autres, bien trop au-dessus pour perdre du temps à leur savonner la planche. Restaient Léonard Juillet et Mathis Leclerc.

Guillaume Pierre jeta un regard en coin au benjamin. Celui-ci avait l'air paniqué. Il supportait encore moins bien la pression que Lili Deviers, il n'aurait pas les couilles de s'en prendre à lui. C'était Juillet, forcément. Cette petite ordure. *Heureusement*, songea Guillaume, *j'ai un as dans ma manche.*

23

Les plus courts chemins sont parfois les meilleurs

— Nous n'avons pas avancé d'un pouce, gémit Claudine Imbert en regagnant le logement de son cousin.

— Je ne sais pas, murmura Violette d'un ton songeur.

— Enfin, vous avez entendu les cinq concurrents ! Ils n'ont vu personne.

— Justement. C'est impossible. Les gâteaux mangés par Charpentier ne sont pas tombés du ciel. Quelque chose nous échappe, mais quoi ?

Tout en arpentant le salon de Jean-Paul de long en large, la vieille dame poursuivit sa réflexion à haute voix.

— Voyons, ils ont évoqué un serveur venu en cuisine. Celui-ci a pu apporter l'assiette de gâteaux à notre glouton. Votre cousin connaît-il le personnel engagé pour le week-end ?

— Il me semble qu'il a fait appel à un traiteur qui propose ce genre de services.

— Et le jardinier qui a joué les remplaçants ?

— Pour quelle raison tuerait-il un journaliste gastronomique ?

Violette pouffa.

— Je vous en trouve dix ! Première possibilité : ce jeune homme est paranoïaque ; deuxième possibilité : il est étudiant en toxicologie et pratique des essais sauvages ; troisième possibilité : Gilles était son père naturel…

— Stop, cria Claudine en plaquant ses mains sur ses oreilles. Soyez sérieuse !

— Mais je le suis.

— Cette mort n'a ni queue ni tête, marmonna la mairesse, et je n'y comprends rien. J'ai l'impression d'avancer les yeux bandés. Ou d'avoir perdu mon cerveau.

La vieille dame avait cessé ses allers-retours entre la cheminée et la table basse. Elle ouvrit son sac à main posé sur une chaise et en tira un petit carnet, ainsi qu'un crayon.

— Jean-Paul nous en dira plus sur les serveurs. Voyons les cinq pâtissiers. Ils étaient tous nerveux, ce qui ne veut rien dire, je le serais autant qu'eux si je participais à un concours aussi important pour ma carrière. Mais l'un d'entre eux pouvait en vouloir personnellement à Charpentier. Avez-vous repéré qui est qui ?

— Le plus âgé est Jean-Claude Piémontain, le concurrent venu du Sud, j'ai reconnu une pointe d'accent. La fille, Lili Deviers, évidemment. Reste le grand à la peau couleur chocolat au lait, sans doute Léonard Juillet. Le rouquin au nez couvert de taches de rousseur serait Mathis Leclerc.

— Et celui qui nous prenait de haut, Guillaume Pierre, le chef du *Ritz*, dit Violette.

Elle inscrivit les cinq noms, puis les considéra en fronçant les sourcils.

— Essayons de nous mettre à leur place. Si je participais à un concours, quelle serait mon attitude à l'égard des jurés ?

Tout en mordillant son crayon, elle remonta dans son propre passé. Elle avait concouru à de nombreux trophées et elle avait été prête à tout pour les remporter. Elle avait étalé de la glu sur les patins à glace d'une rivale et enfermé une autre dans les toilettes ; elle avait même fait parvenir un billet doux à un examinateur. Mais elle n'avait jamais tenté de saborder le jury. L'acheter, oui, mais l'éliminer, non. Tuer Charpentier ne faisait les affaires d'aucun des pâtissiers, au contraire, ils risquaient tous d'être soupçonnés d'empoisonnement. Ce qui, dans un concours de cuisine, était loin d'offrir des points bonus.

— Je n'identifie aucun mobile du côté des concurrents, marmonna-t-elle. Restent les jurés.

— Ils me font tous l'effet de braves personnes.

— Claudine, on ne peut pas se fier à la bonne mine de quelqu'un. Staline avait l'air d'un gentil nounours. Et vous savez comme moi qu'il n'y a rien de plus crapoteux qu'une association ! Les gens y sont prêts à tuer père et mère pour garder leur petit pouvoir.

— C'est vrai, dit la mairesse en baissant piteusement la tête.

Dix ans plus tôt, au moment du renouvellement du bureau de la bibliothèque associative de Mouy-sur-Loire, la présidente avait poussé sa rivale du haut d'un perron. Heureusement, la victime n'avait eu qu'un fémur cassé.

— Six jurés appartiennent à la SIAC, poursuivit Violette. Le président, Théophile Vernet, et les correspondants étrangers, tous membres du bureau. Si ma mémoire est bonne, Ernest, le Belge, est le secrétaire. Carlo, qui vient de Naples, est le secrétaire adjoint, c'est lui qui a géré les détails pratiques du séjour. Dave, le correspondant de Washington, est le trésorier adjoint. Savez-vous qui occupe la fonction de vice-président ?

— Tommy, l'Anglais. Li, le correspondant coréen, m'a dit siéger au bureau en tant que rédacteur en chef du bulletin.

— En tant que trésorier adjoint, Dave est probablement celui qui était le plus en contact avec Charpentier. Nous devrions commencer par ce monsieur.

— Impossible pour le moment : ils se sont tous enfermés dans le salon pour une causerie autour de je ne sais quoi.

— Nous l'attraperons à la sortie, dit Violette en rangeant son carnet, il ne se sauvera pas. En attendant, si nous allions visiter les jardins ?

— Avec ce temps ? Vous plaisantez, Violette !

— Il ne pleut plus. L'air frais nous fera du bien.

— Jean-Paul nous a prévenus que l'orage éclaterait avant le dîner.

— Quand bien même ? Nous ne sommes pas en sucre, nous ne fondrons pas.

D'un air déterminé, Claudine saisit le roman qu'elle lisait avant d'être interrompue par le brigadier et s'enfonça dans un fauteuil devant la cheminée.

— Galopez où vous voulez, moi, je reste au chaud.

Depuis vingt-quatre heures, elle vivait un rêve. Elle n'avait reçu aucun appel d'administré, aucune réclamation, pas le moindre message comminatoire ou furieux lui enjoignant de régler ceci ou cela. Elle appréciait de plus en plus son week-end de VIP et comptait bien en profiter au maximum. Elle avait attaqué la veille *Piqûres de rappel*, un roman policier d'Agathe Portail.

La lecture ! Voilà une activité qu'elle ne pratiquait plus depuis des années, avait-elle songé en découvrant la bibliothèque de son cousin. C'était le moment ou jamais. Elle avait saisi le livre, tiré un fauteuil devant la cheminée et s'était installée confortablement, prête à en découdre avec le(s) mystérieu(x) assassin(s) d'un apiculteur bordelais.

— Eh bien, moi, dit la vieille dame, je vais visiter cette fameuse roseraie vantée par M. Cornillon.

Elle enfila son manteau et abandonna la mairesse au coin du feu. À peine eut-elle franchi la porte qu'elle regretta son choix. Le vent s'était levé, secouant les chênes comme s'il voulait les arracher. Des gouttes d'eau fines et glacées comme des aiguilles se mirent à tomber, faisant crépiter la surface des fontaines. La lumière déclinait et l'on distinguait à peine les pelouses.

Violette était trop orgueilleuse pour faire demi-tour et donner raison à Claudine Imbert. Elle releva le col de son manteau et pressa le pas vers le faux donjon formant l'entrée du château.

La pluie se faisait de plus en plus forte. Violette fut trempée avant d'avoir atteint le pavillon. La poterne baignait dans l'obscurité.

— J'aurais dû emporter une lampe torche, marmonna-t-elle en avançant à tâtons.

Une silhouette toute vêtue de noir surgit brusquement à sa gauche, lui arrachant un cri strident.

— Pardon, je ne voulais pas vous effrayer.

La vieille dame reconnut le ténor enveloppé dans sa longue cape.

— Vous ne m'avez pas fait peur, répondit-elle avec autant de dignité que de mauvaise foi.

— Je ne voulais pas…

— Oui, j'ai bien compris. Avez-vous un parapluie ?

— Hélas non, c'est pour cela que je me suis réfugié sous cette porte. Je me promenais dans les jardins et la pluie s'est déchaînée au moment où je rentrais.

Son effroi calmé, Violette était ravie d'avoir trouvé un compagnon de promenade.

— M. Berthoux m'a vanté une vue magnifique sur la Grande Perspective, mais j'ai bien peur d'avoir trop attendu pour l'admirer aujourd'hui. Vous aimez les plantes ?

— Pas spécialement, mais c'est l'un des avantages de notre métier, nous avons accès à des lieux inconnus. J'en profite toujours pour visiter.

Violette hocha la tête.

— Ce château est surprenant. Le salon de musique et ses instruments anciens, entre autres, est remarquable, n'est-ce pas ?

— En effet. Le clavecin est un bijou.

— Vous êtes le seul artiste présent et vous n'avez rien à faire. Vous ne vous ennuyez pas depuis votre arrivée ?

Un mince sourire éclaira le visage anguleux de Marcus van Breecht.

— Grâce à M. Vernet, non, puisqu'il m'a fait l'honneur de m'intégrer au jury. Il trouvait intéressant d'avoir l'avis d'un « monsieur tout le monde » comme moi. Je découvre avec stupéfaction l'étendue du savoir-faire culinaire français.

Tendant le cou, il observa le ciel.

— Cela semble s'éclaircir.

— Vraiment ? dit Violette d'un ton dubitatif.

La pluie rebondissait à grand fracas sur le gravier de la cour, formant un rideau d'eau devant la poterne.

— Je vous assure.

Un éclair fendit brutalement le plafond de nuages et la pluie redoubla de violence. La vieille dame frissonna.

— Cela va de mal en pis. Courons jusqu'au château avant d'être contraints de le rejoindre à la nage.

Les adhérents de la SIAC occupant le grand salon, ils se réfugièrent dans le salon bleu. Violette n'osa pas s'asseoir, de peur d'abîmer les soieries des fauteuils. Grelottante, elle se rapprocha du feu mourant. Son compagnon la regarda avec commisération.

— Je vais vous chercher une bonne tasse de thé.

— Seriez-vous anglais ?

— Je suis international, sourit le ténor. J'ai tant voyagé que je ne sais même plus dans quel pays j'ai passé le plus de temps. Pour tout vous dire, le café est trop excitant à cette heure-ci et je n'oserais pas fouiller les placards de la cuisine pour nous confectionner un chocolat chaud. J'aurais trop peur de me faire attraper par l'un des pâtissiers, en particulier le grand nerveux dont la pièce montée s'est écroulée. Il n'a pas l'air commode.

Violette ne put réprimer un petit rire.

— Vous voulez dire qu'il était furieux !

— Je crois qu'il l'était, en effet, dit Marcus en riant à son tour.

— Son cygne a fait un plongeon digne d'une compétition olympique. Avouez que c'était drôle.

— Sauf pour la pauvre Lili Deviers.

— C'est vrai.

Le chanteur s'était tout juste esquivé en quête d'eau chaude et de thé que Jean-Paul surgit.

— Violette, vous êtes trempée !

— J'ai voulu découvrir les jardins, avoua la vieille dame.

Ses bouclettes blanches étaient collées par la pluie et son chignon était raplapla. Si elle s'était écoutée, elle aurait retiré ses chaussures et son collant, et séché ses cheveux dans une serviette de table. Le régisseur secoua la tête d'un air désolé.

— Ce n'est pas la meilleure saison pour visiter les extérieurs et c'est pire encore avec cette tempête. Mais vous échappez au moins aux cris des renards. Lorsqu'ils sont en rut, ils braillent toute la nuit comme des chats qu'on écrase.

— Je pensais que c'était un animal très discret.

— Pas à cette période. Le domaine en regorge, une vraie plaie pour nos poules, nos oies et nos paons. Ils en ont croqué une dizaine cette année. Les jardiniers posent des appâts empoisonnés, mais ça ne suffit pas.

Violette eut une petite moue attristée, que le régisseur releva immédiatement.

— Vous imaginez que le renard est une jolie petite bestiole, mais sur le terrain, on est loin des héros du dessin animé *Rox et Rouky*. On ne peut pas leur en vouloir, ils font leur boulot de renard. À nous de faire le nôtre.

— À ce propos, je voulais vous demander…

Le retour de Marcus van Breecht l'interrompit. Le ténor portait un plateau où trônaient une théière, deux tasses, une assiette de madeleines, un sucrier et un pot de lait. Jean-Paul reprit sa casquette de régisseur et s'avança pour le débarrasser.

— Vous auriez dû me demander de vous aider.

— Ce n'est pas lourd.

— Vous n'avez pas à courir en cuisine, vous êtes là pour profiter de votre séjour.

— Oh, j'en profite ! Je mange les plats les plus délicieux de la terre grâce à vous et M. Vernet. Entre nous, je crois qu'il espère effectuer mon éducation gastronomique. Nous, les Hollandais, sommes davantage réputés pour nos tulipes que pour nos bons petits plats. Nous mangeons même de la saucisse en tube.

Violette sursauta, effarée.

— En tube ! Comme de la mayonnaise ?

— Absolument.

— Quelle horreur, souffla la vieille dame.

— Heureusement, nous possédons les œuvres de Vermeer, Rembrandt et Mondrian. Nous ne sommes pas des barbares.

— Tout de même, de la saucisse en tube… Les hommes sont fous !

— Le paradis n'existe pas, rétorqua le chanteur d'un ton philosophe.

— Avec votre cochonnerie industrielle, on frôle l'enfer.

Un coup de tonnerre sembla confirmer son propos et une grêle de pluie s'abattit contre les fenêtres du salon. Violette considéra le rideau d'eau dégoulinant sur les vitres, le ciel d'un gris d'encre ; elle songea au visage crispé de Charpentier, au cyanure qui se baladait quelque part, au fond d'une poche, au milieu de cette farandole de plats dont on les abreuvait midi et soir, des plats si délicieux que personne n'imaginait qu'on puisse s'empoisonner en les mangeant et elle songea que si l'enfer existait, elle y avait peut-être atterri.

Jean-Paul la tira de ses pensées.

— Vous aviez une question à me poser, Violette ?

Plongeant le nez dans sa tasse de thé, elle murmura :

— Oh, j'ai oublié.

— C'était au sujet des renards ?

— Peut-être, je ne sais plus. À mon âge, vous savez, on possède une mémoire de poisson rouge. Ce n'est pas important, ça me reviendra certainement.

Marcus van Breecht était très gentil, mais elle n'avait aucune envie d'interroger le régisseur au sujet des serveurs devant lui.

24

Il faut toujours avoir les envies de ses ambitions

Dans le grand salon, les échanges se traînaient, le cœur n'y était pas. Théophile Vernet le sentait. Il avait beau dérouler ses sources et multiplier les références aux travaux de ses plus illustres confrères, l'assemblée restait boudeuse, les questions, rares. Il aurait parlé devant un parterre de pissenlits, les marques d'intérêt auraient été du même tonneau. Ravalant son dépit, il sortit son joker :

— Auguste Escoffier écrivait déjà en 1927 : « Le riz est l'aliment le meilleur, le plus nutritif et le plus répandu sur la surface du globe. » Ce visionnaire proposait alors cent vingt recettes pour le cuisiner ! Cent vingt, messieurs ! Quel chef en maîtriserait autant aujourd'hui ?

Il laissa planer un silence et lança d'une voix tonitruante :

— Je propose donc d'instaurer un thème pour le trophée Carême de l'an prochain. Et ce thème, messieurs, serait le riz.

Un murmure consterné emplit la pièce, suivi de protestations variées :

— Vous êtes fou, Vernet ?

— Manger du riz en entrée, en plat et au dessert ? Nous sommes de fin gastronomes, pas des adeptes du régime dissocié !

— On ne va pas manger du riz durant trois jours !

— Du riz à tous les repas, merci bien !

— L'objectif de la SIAC n'est-il pas de défendre les produits locaux et de saison ?

Enseveli sous la vague d'indignations, le président opta courageusement pour une technique éprouvée : la fuite.

— Messieurs, nous mettrons cette proposition au vote lundi, lors de notre assemblée générale et nous laisserons nos membres juger l'intérêt de ma proposition. La séance est levée. Nous nous retrouverons ici à 20 heures pour le dîner, qui sera suivi du récital de M. Marcus van Breecht dans le théâtre des princes espagnols.

La société se disloqua dans un bourdonnement de doléances et d'interrogations.

Violette mordait tout juste dans sa troisième madeleine, gonflée et dorée à souhait, lorsque la porte du salon s'ouvrit. La vieille dame engloutit le biscuit d'un coup, épousseta sa jupe et se leva. Elle cuisinerait les jurés en attendant d'en apprendre plus sur les serveurs. Telle une lionne dans la savane, elle laissa le troupeau s'écouler et sauta sur le traînard fermant la marche. Dave Higgins, l'Américain. Il sourit sans méfiance à la charmante vieille dame française qui s'approchait en battant des paupières.

Elle le saisit par le bras, l'étourdit de gazouillements, puis, avant qu'il puisse s'enfuir, le propulsa vers un fauteuil devant la cheminée du petit salon, où elle l'immobilisa en lui collant une tasse de thé et un gâteau entre les mains. Concentrée sur son interrogatoire à mener, elle ne vit pas le regard contrarié du président, qui les avait suivis des yeux.

— Mon cher monsieur, je suis tellement, tellement désolée ! La mort de votre ami doit être un choc terrible.

Étourdi par le verbiage de Violette, l'Américain écarquilla les yeux :

— De quel ami parlez-vous ?

— Gilles Charpentier, enfin !

— Je suis désolé, Gilles et moi n'étions pas très proches.

— Mais en tant que vice-trésorier, vous étiez son bras droit, vous deviez régulièrement échanger ?

— J'exerce la fonction uniquement sur le papier. Dans les faits, Gilles gérait tout et quand il avait la flemme, ce qui lui arrivait assez souvent, je dois le dire, le président écopait de la tenue des comptes.

— Ce ne doit pas être une mission de tout repos, avec un tel budget. Deux cent mille euros, c'est quelque chose !

Elle avait lancé le chiffre au hasard, en espérant déclencher une réaction. Dave mordit.

— Ah non, c'est plutôt aux alentours de cinq cent mille euros.

— Comment est-ce possible ? dit Violette en papillonnant à nouveau des cils. M. Vernet m'a confié que l'association compte deux mille adhérents et que la cotisation annuelle est de cent euros.

— En effet, mais en tant qu'association culturelle à rayonnement international, le ministère nous octroie des subventions. C'est ce qui nous permet, par exemple, de payer la location de ce château et les frais de déplacement des concurrents du trophée Carême.

La mairesse atteignait l'antépénultième page de son roman lorsque Violette l'arracha à sa lecture.

— J'ai du neuf, dit-elle en s'asseyant. La SIAC est riche. Très riche.

Claudine haussa un sourcil.

— Vous comptez l'épouser ?

Violette ignora le sarcasme.

— L'argent est toujours un excellent mobile, souvent le premier. Les membres deviennent donc nos suspects n° 1. L'un d'entre eux voulait peut-être prendre la place du trésorier et partir au Brésil avec le magot.

Elle rapporta à son amie les confidences de Dave Higgins. La mairesse l'écouta d'une oreille devenue attentive.

— Nous misons donc sur un candidat au poste de trésorier. Ou bien, sur le président qui aurait trafiqué les comptes et souhaité museler Charpentier qui l'avait découvert et menaçait de tout révéler.

Sans qu'elle puisse se l'expliquer, l'idée que Théophile Vernet soit un tueur déplut à Violette.

— Oui, dit-elle du bout des lèvres.

Elle se leva, décrétant qu'il était l'heure de s'habiller pour le dîner.

— Encore un repas, gémit Claudine. On ne fait que ça !

— C'est un concours de cuisine, rétorqua Violette. Vous vous attendiez à quoi ? Une session de jeûne intermittent ?

— Je ne pensais pas qu'on mangerait autant. Je ne suis pas certaine de tenir le coup jusqu'à demain soir.

— Ne faites pas la fine bouche, pensez à ceux qui rêveraient d'être à votre place. Vous me l'avez dit vous-même jeudi, c'est un week-end exceptionnel.

La mairesse se rappela les doutes émis par son mari sur ses facultés gustatives et cette pensée l'électrisa.

— Il me reste deux pages à lire. Je termine mon roman et je vais me changer.

Pomponnée, coiffée, maquillée et emberlificotée dans une tenue en lamé bleu pâle, Violette l'attendait déjà quand elle redescendit une demi-heure plus tard vêtue de sa robe bordeaux.

— J'espère que vous avez un parapluie, dit la vieille dame en désignant la pluie qui battait les vitres.

— J'en ai repéré un grand, accroché dans la cuisine, je vais le chercher.

Un vent glacé s'engouffra dans le séjour lorsque Claudine ouvrit la porte, effaçant instantanément l'atmosphère douillette du logis.

— Heureusement, le château est à deux pas, dit Violette en relevant sa longue jupe.

Elles traversèrent la cour blotties l'une contre l'autre sous le parapluie de berger, leurs robes retroussées jusqu'aux genoux. Le feu brûlant dans la cheminée du salon leur apparut tel un phare. Le gilet de laine impeccablement boutonné sous une veste de costume froissée, Théophile Vernet se précipita pour les accueillir. Il leur proposa une coupe de champagne, s'enquit de leur après-midi, et enfin, demanda :

— Pourquoi les gendarmes sont-ils restés si longtemps ? Tommy les a vus partir en fin d'après-midi.

Violette hésita, puis avoua :

— La mort de Gilles Charpentier ne serait pas naturelle.

— Que voulez-vous dire ?

En quelques mots, la vieille dame résuma la situation. Théophile oscilla sur lui-même.

— Qui ferait cela ? Aucun d'entre nous, c'est inimaginable !

— Vous me l'avez expliqué vous-même, Gilles Charpentier posait des problèmes.

— Pas au point de l'empoisonner ! Il n'y a ici que les membres du bureau et nos correspondants internationaux les plus éminents, je connais chacun personnellement et m'en porte garant. Croyez-moi, votre médecin s'est trompé.

— Il n'aurait pas évoqué un empoisonnement sans être sûr de lui.

Le vieil homme tirailla les pans de son gilet.

— Si vous saviez le nombre d'incompétents faisant autorité que j'ai croisé au cours de ma carrière ! Vous seriez sidérée.

Violette fut placée cette fois à la droite d'Ernest. Le secrétaire de la société gastronomique engagea la conversation sur la culture des blettes, sujet dont la vieille dame se fichait comme de sa première paire de patins. Elle le laissa monologuer le temps de déguster son entrée, puis réorienta habilement la discussion sur la mort de Gilles.

— La disparition de votre trésorier ne perturbe pas le déroulement du chapitre ?

— Pour les présentations de nos travaux, non. En revanche, son décès nous contraint à convoquer une assemblée générale extraordinaire. Il était le seul candidat à sa succession au poste de trésorier.

La piste évoquée avec Claudine semblait tourner court, au grand dépit de Violette. Elle ne renonça pas.

— La tâche est si difficile ?

— Assez pénible, oui. Notre association compte près de deux mille membres. Elle brasse un peu d'argent et, étant internationale, elle jongle avec les différentes législations. Le trésorier doit être rigoureux.

— Pourtant, Gilles Charpentier ne semblait guère apprécié.

Ernest, qui coupait sa tourte au chèvre en morceaux parfaitement égaux, suspendit son geste.

— Il était compliqué, dit-il enfin. Mais personne d'autre ne voulait ce poste.

— Le président m'a confié avoir craint que Charpentier ne grille votre association. Comment aurait-il détenu un tel pouvoir ?

— Vous ne connaissez pas le milieu gastronomique.

C'était davantage une affirmation qu'une interrogation, mais Violette fit tout de même un signe de dénégation.

— C'est un panier de crabes dans lequel chacun se hausse du col, si je puis me permettre cette étrange expression. Vous avez certainement remarqué que la gastronomie est un milieu presque exclusivement masculin ?

— En effet, et mon amie Claudine s'en est indignée auprès du président Vernet.

— Il n'y est pour rien, le pauvre, mais oui, 99 % des chefs cuisiniers ou pâtissiers sont des hommes. Leur travail est pénible, ils commencent à 5 heures du matin ou terminent à minuit, ils travaillent debout, dans des labos étroits, bruyants, étouffants. Les accidents sont quotidiens, il y a les brûlures, les coupures, sans parler des maladies invisibles. Les vapeurs de sucre leur rongent les dents, la farine leur détruit les poumons, ils développent de l'eczéma, de l'asthme, des problèmes de dos, des tendinites ou le syndrome du canal carpien. Pour dépasser tout cela, il faut avoir la rage. Ils se battent comme des tigres. Il faut se faire remarquer des critiques, souvent snobs et méprisants. Des hommes également. Chacun s'observe. Alors, c'est à qui fera le plus le coq.

Violette grimaça.

— Tout cela crée un bouillon de culture testostéroné assez malsain.

— Vous résumez bien. Vous comprendrez que les critiques ont beaucoup de pouvoir. Certains se complaisent à entretenir cette espèce d'emprise.

— Charpentier était de ceux-là ?

— J'en ai bien peur.

— Vous avez donc cédé à son chantage ?

Embarrassé, Ernest détourna les yeux.

— La cuisine étoilée est un milieu exécrant la publicité. Enfin, la mauvaise. On ne parle jamais des choses qui fâchent. Le harcèlement, le racisme, le sexisme, la drogue, l'alcoolisme des chefs, les grands crus remplacés par de la piquette, rien ne filtre ! On fait croire aux clients que tout est beau et facile avant d'arriver dans l'assiette, que la cuisine et la pâtisserie sont des enchantements, que tout le monde a sa chance. En réalité, on en est loin. Combien de chefs noirs ou pakistanais, en France ? On les compte sur les doigts d'une main, alors qu'en cuisine, les non-Blancs forment le gros des troupes. Franchissez la porte d'une arrière-salle à Paris ou à Lyon, vous verrez, c'est édifiant.

— L'un des candidats, Léonard Juillet, me semble très doué.

Ernest eut une moue navrée.

— Remporter le trophée Carême est sa seule chance de briser le plafond de verre.

— Travailler en cuisine est donc un véritable enfer ?

— Parfois, oui. En tout cas, ce sont des métiers difficiles, quasi masochistes. Les choses n'ont pas beaucoup changé depuis Antonin Carême : beaucoup d'artisans y laissent leur santé ou leur famille. Demandez à Jean-Claude Piémontain.

Violette fronça les sourcils. C'était la deuxième fois qu'on évoquait un passé compliqué au sujet de cet homme.

— Que lui est-il arrivé ?

— Il y a vingt ans, il était chef pâtissier dans un palace à Monaco. Tout le monde le considérait comme l'un des plus talentueux de sa génération.

— Je croyais que c'était un autre concurrent, le brun un peu arrogant.

— Guillaume Pierre ? Non, il est plus jeune, il a moins de trente ans. Piémontain, lui, a largement dépassé la quarantaine et aurait pu être son patron. Bref, il a obtenu son col tricolore…

Et comme Violette le regardait sans comprendre, Ernest précisa :

— Il a été reçu MOF, Meilleur Ouvrier de France. Les MOF reçoivent le privilège de coudre sur leur veste de travail un col rayé bleu, blanc, rouge. C'est la récompense ultime pour les artisans et en particulier dans les métiers de bouche, ils s'entraînent parfois plus de deux ans pour passer le concours, certains posent même un congé sabbatique pour avoir le temps de préparer leur chef-d'œuvre. Bref, avec son col en poche, Piémontain a quitté son poste et ouvert une boutique à Cannes. Un beau lieu, dans une petite maison typique, avec un jardin et un patio. Avec son expérience de chef pâtissier dans un palace et son statut de MOF, il avait tout pour faire un carton. Sauf que ça n'a pas marché. Il s'est accroché trois ans, et puis il a dû vendre son fonds, pas très bien j'en ai peur, et il est retourné en cuisine sur la Côte, mais comme second.

— Pourquoi ?

— Les choses bougent dans la restauration, en trois ans. Des jeunes s'étaient fait remarquer entre-temps et avaient grimpé les échelons, pris les meilleurs postes. Il n'y avait plus de place pour lui dans les bonnes maisons.

— Pourquoi sa boutique a-t-elle coulé ?

— Trois mois après l'ouverture, Gilles Charpentier a écrit une critique désastreuse, et il a enfoncé le clou l'année d'après. Piémontain faisait de la « pâtisserie de papy ». Pas de grand-mère, pas vintage ou rétro, non, « papy ». Parce que Piémontain n'utilisait que des additifs naturels et refusait les colorants sur lesquels tous les critiques culinaires, Charpentier en tête, s'extasient sans se soucier qu'ils soient bourrés de cochonneries, de celles qui vous collent un cancer du côlon ou flinguent les hormones des enfants, les rendant hyperactifs ou pire, stériles. Piémontain s'est défendu en expliquant qu'il refusait d'empoisonner ses clients pour faire joli, mais c'était trop tard, le bouche-à-oreille s'était enclenché, aucun autre critique n'a voulu tester les pâtisseries de Piémontain, il a disparu des guides touristiques et voilà…

Les convives étaient à table depuis près de deux heures. Les viandes avaient été servies à moitié froides et l'on débarrassait tout juste les fromages.

— Le service est lent, ce soir, signala Carlo, le correspondant italien.

M. Cornillon attrapa l'unique serveur par la manche.

— Où est passé Kevin ?

— Je ne sais pas, monsieur, je ne l'ai pas vu.

L'aide-jardinier avait manifestement peu goûté sa reconversion forcée en serveur.

— À ce train-là, gémit le directeur, nous aurons fini de dîner à minuit, et Marcus van Breecht ne sera pas en état de chanter.

Jean-Paul posa sa serviette sur la table et repoussa sa chaise.

— Je vais donner un coup de main, dit-il en se levant. Faites patienter nos invités en leur resservant à boire. Ou en leur racontant l'histoire du trésor du château.

— Un trésor est enterré ici ? s'enquit Claudine, qui avait intercepté l'échange.

Le directeur se crut obligé de rectifier.

— Votre cousin évoque le trésor au sens littéral. Laissez-moi vous expliquer.

Jean-Paul en profita pour s'éclipser.

25

On ne peut ménager la chèvre et le pou

Claudine Imbert pouvait-elle avoir quitté son époux ? Au presbytère, le père Marcel tournait et retournait la question dans sa tête. Il connaissait le mari de la mairesse depuis des années et ne le voyait pas trucidant sa femme, mais il peinait tout autant à imaginer celle-ci abandonner Michel après trente ans de mariage. Pourtant, depuis qu'il officiait, il en avait vu de toutes les couleurs, mais Claudine et Michel, c'était du solide. Du granit.

Assis derrière son bureau couvert d'une montagne de papiers – brouillons de sermons, actes de baptême et évangiles du jour –, le père Marcel hésitait. On n'est jamais dans la vie d'un couple… Les choses se révèlent parfois bien plus complexes qu'un observateur extérieur ne peut l'imaginer. Des non-dits, des désirs inassouvis, des reproches ressassés peuvent dissoudre les liens les plus sincères. Et si ç'avait été le cas pour Claudine et Michel ? Michel désirait peut-être profiter de sa retraite, voyager, tandis que sa femme ne vivait que pour son rôle de maire. Ce genre de situation était une mine à ressentiments.

Il devait en avoir le cœur net. Il se leva et décrocha sa parka râpée.

De la lumière filtrait sous les volets de la cuisine. Le père Marcel sonna, mais la porte resta désespérément close. Il insista, déclenchant un deuxième trille claironnant.

Absorbé dans la lecture du *Quotidien républicain*, Michel avait ignoré le premier coup de sonnette. Il plia à regret le journal et alla ouvrir.

— Monsieur le curé ! Bonsoir.

— Bonsoir, Michel. Je peux entrer ?

— Bien sûr. Je vous offre un verre ?

La question était de pure courtoisie, il connaissait le curé et le savait plus porté sur le chinon que sur la verveine. Le père Marcel répondit d'un sourire sans équivoque.

Quelques minutes plus tard, les deux hommes étaient installés devant le poêle du salon, les pieds au chaud et un verre de rouge à la main.

— Vous ne m'avez pas dit ce qui me valait le plaisir de votre visite, dit Michel.

Passé le désagrément d'être tiré de sa solitude, il avait retrouvé sa bonne humeur. Il avait de l'estime et de l'affection pour ce vieux curé atypique. Comme l'ensemble des Mouytois, athées compris, il savait que le père Marcel jouait à la fois les conseillers conjugaux, les assistantes sociales, les éducateurs spécialisés et les organisateurs d'événements culturels, toutes professions d'une utilité indéniable et totalement introuvables dans une ville de mille cinq cent un habitants. Des comme lui, on n'en trouvait plus. Le moule était cassé. Malheureusement, le vieil homme frôlait les 75 ans et contrairement à son Seigneur et maître, n'était pas immortel. Au vu de son rythme de vie – un sommeil et une alimentation aussi anarchiques l'un que l'autre, sans parler de sa conduite et de ses lunettes poussiéreuses –, la survie du brave curé tenait déjà du miracle et d'une curiosité pour les sciences médicales. « Quand il partira, Mouy ne s'en remettra pas », avait dit un jour Michel à son épouse. Elle avait plaqué les mains sur ses oreilles : « Tais-toi, tu vas nous porter la poisse ! » Organiser la fête de la saint Roch et célébrer les mariages sans le père Marcel était inenvisageable.

Le prêtre toussota. Il fixa son verre, hésita un instant, et toussota à nouveau.

— Pour tout vous avouer, je m'inquiétais un peu. Je n'ai pas vu Claudine au marché.

Michel se redressa, les oreilles écarlates.

— Mais qu'est-ce que vous avez tous ! Elle est partie, voilà !

— Hum, justement…

— Ce matin, c'était Marie qui venait perquisitionner, et ce soir, c'est vous ! C'est incroyable, ça ! Je ne vois pas en quoi les vadrouilles de Claudine devraient vous rendre chiffon ! On ne peut plus se barrer en paix ni être seul ? C'est interdit par la loi ?

Il n'était plus temps de tergiverser. Le prêtre vida son verre cul sec.

— Mon fils, se barrer, comme vous dites, n'est pas interdit par la loi, encore que[1]… Mais permettez à l'Église de…

1. Le père Marcel est fin juriste : l'abandon du domicile conjugal est toujours considéré comme une faute aux yeux de la loi.

— *Tut, tut*, rien du tout, coupa Michel.

Il vit le père Marcel verdir et se radoucit :

— Mettez-vous à ma place : je suis pépère, tranquille chez moi, je prépare mes conserves pour l'année, et qu'est-ce qui se passe ? On vient sonner trois fois par jour à ma porte, en accusant ma femme de je ne sais quoi.

— Personne n'accuse Claudine. C'est pour vous qu'on…

Le sang remonta à la tête de Michel, qui en fit une vilaine et coupa le curé en plein élan.

— Qu'on quoi ? Qu'est-ce que vous entendez par là ? Allez-y, je vous écoute.

Le curé glissa un œil désolé vers la bouteille aux trois quarts pleine qui l'attendait sur la table et fit une dernière tentative.

— Michel, vous ne pouvez pas rester comme ça. Si vous avez des envies…

— Je me débrouille très bien tout seul, et je fais ce que j'ai à faire !

Saisissant le tisonnier, Michel ouvrit la porte du poêle et agita les bûches d'un air féroce.

L'ambiance n'était plus à la dégustation de petites cuvées locales. Chargé de regrets, le père Marcel se leva et posa son verre vide à côté de la bouteille.

— Je constate que vous n'êtes pas en état d'écouter quiconque, Michel. Je comprends votre colère. Passez me voir au presbytère quand vous serez calmé.

Son ton était plus sec que la charité chrétienne ne l'autorisait, mais il estimait avoir fait montre d'une patience de bénédictin.

— Bonne nuit, mon fils.

Il traversa le salon d'un pas digne, ouvrit la porte d'entrée et remonta dans sa Clio vintage.

— Père Marcel !

Voyant Michel jaillir de la maison, le curé rouvrit sa portière.

— Oui, mon fils ?

— Quand je vous assure que Claudine est en balade, je ne peux pas mieux dire. Elle passe le week-end chez son cousin, à Valençay, et rentre demain soir.

— Pourquoi vous ne me l'avez pas expliqué ?

— Vous ne m'avez guère laissé le temps. Vous êtes parti dans je ne sais quelle faribole, comme Marie Mousset.

Il avait repris son souffle et poursuivit d'une voix penaude :

— Marie m'a agacé, j'étais bien tranquille chez moi à bricoler, j'avais pas envie de papoter. Et puis, j'étais jaloux de Claudine. C'est elle qui a été choisie comme jurée d'un concours de pâtisserie, alors que je m'y connais cent fois plus en cuisine, c'est moi qui lui mitonne de bons petits plats qu'elle avale comme si c'étaient des menus McDo ! C'était injuste et j'étais furieux, vous comprenez ?

— Tout à fait.

— Désolé de vous avoir inquiété, père Marcel.

— Ne vous en faites pas pour ça, Michel.

Tout en dévalant la route le ramenant à Mouy, le père Marcel se sentait assez honteux. Fallait-il être une triple buse pour s'enfermer ainsi dans ses préjugés et soupçonner un brave couple du pire ! À sa décharge, les histoires qu'il avait vues – et surtout entendues – en trente ans de confessionnal autorisaient les hypothèses les plus farfelues.

Accroché au volant, les yeux rivés sur la lumière des phares, le vieil homme mâchonna dans sa barbe tous les noms d'oiseaux dont il se jugeait digne.

— Pauvre type ! Bas du front ! Paltoquet ! Curé du dimanche !

Michel était un bien brave homme de ne pas lui avoir tenu rigueur de ses suspicions. À sa place, il se serait collé un bourre-pif.

Profitant d'être arrivé sur la départementale, une route bien droite dont il connaissait chaque nid-de-poule, il sortit son portable et composa le numéro de Marie Mousset. Le répondeur se déclencha immédiatement.

— Marie, c'est le père Marcel. Je sors de chez les Imbert, j'ai vu Michel. Tout va bien. Bonne nuit !

26

Il ne sert à rien de montrer les dents lorsqu'on est édenté

Six pieds sous la salle à manger, Lili Deviers recula d'un pas afin de vérifier la symétrie de son saint-honoré. Tout était parfait. Guillaume Pierre, qui se tenait de l'autre côté de la table, lui lança un grand sourire.

— Tu es fière de toi ?

— Assez, oui.

— Tant mieux. Avec des grains de vanille, ce sera top.

Il tendit le bras et, d'un geste rapide, saupoudra les volutes de crème chantilly d'une pluie de minuscules paillettes noires.

— Oups. J'ai confondu avec le poivre. Désolé, Deviers.

La respiration coupée, Lili crut qu'elle allait s'évanouir.

— Tu as… Tu as… Tu as…

— Tout le monde peut se tromper, pas vrai Leclerc ?

Mathis ouvrit la bouche puis la referma et baissa la tête. Reprenant ses esprits, Lili fonça vers le garde-manger. Elle avait peut-être le temps de refaire une chantilly. En grattant soigneusement la crème, elle sauverait son gâteau.

— Si tu crois que tu iras loin comme ça, tu te trompes, dit Jean-Claude.

— Toujours plus loin que toi ou que le gros, rétorqua Guillaume en jetant un regard méprisant à Léonard.

Le jeune Martiniquais, qui façonnait les chocolats qu'il servirait le lendemain, ne releva pas. Il savait ce qu'il lui restait à faire. Un scrupule bourdonna, qu'il chassa aussitôt. À sa place, Guillaume Pierre n'aurait pas hésité une seconde. Et ce n'était pas mal, c'était juste retrouver un peu de justice, rétablir l'équilibre de l'Univers.

Le serveur l'arracha à ses réflexions.

— C'est OK ? demanda-t-il en désignant d'un coup de menton les pâtisseries multicolores posées sur la desserte.

Léonard Juillet hocha la tête.

— Oui, oui, envoyez.

— Je n'ai que deux mains. Comme je suis seul, je dois faire trois voyages. Je commence par lesquels ?

Le régisseur était entré dans la cuisine.

— Ce ne sera pas nécessaire, dit-il en saisissant un plat, je vais vous aider. Je prends ces deux-là, prenez les autres.

Gorgés de crème, de sucre et de fantaisies, les gâteaux pesaient un sanglier mort. *Quel métier*, songea Jean-Paul Berthoux en remontant vers la salle à manger, *on comprend pourquoi les vieux serveurs sont introuvables dans les bistrots…*

Lili surgit du garde-manger, les mains chargées d'une bouteille de crème fraîche et d'un bol de glaçons.

— Où est mon saint-honoré ? demanda-t-elle en fixant la table vide.

— Parti avec les autres, dit Léonard. Les serveurs ont tout emporté.

Il croisa son regard hébété et se figea.

— Oh, merde, Lili, je suis désolé. Je n'ai pas pensé...

La jeune femme posa le bol et la crème comme un automate. Cette fois, c'était fini. Elle n'aurait pas de deuxième chance. Le désespoir monta si fort en elle qu'il étouffa toute larme. Elle était pétrifiée.

— Ce n'est pas ta faute. C'est l'autre dégénéré, là...

Ses yeux bleus foudroyèrent Guillaume Pierre.

— Un jour, cracha-t-elle, quelqu'un te tuera et ce jour-là, on s'économisera des discours de regret.

Tournant les talons, elle s'engouffra dans le couloir et disparut avant que l'un de ses confrères n'ait le temps de réagir.

— Madame rate ses gâteaux et elle est trop fainéante pour ranger ! s'écria Guillaume.

— Ça suffit ! dit sèchement Jean-Claude. Tu en as assez fait pour aujourd'hui.

— Faut croire que non, puisqu'elle imagine que je vais nettoyer son poste.

— C'est le moins que tu puisses faire.

Secondé par Jean-Paul, le serveur découpa les chefs-d'œuvre et disposa une portion de chacun dans les assiettes des jurés. Violette examina les cinq échantillons de desserts déposés devant elle. Elle ignorait par lequel commencer, tout lui faisait envie. Du bout de sa fourchette, elle disséqua lentement une sorte de pâte à chou dégoulinante de crème rose et de points noirs. Qu'est-ce que cela pouvait bien être ? Un saint-honoré à la fraise ? Ce n'était pourtant pas la saison des fruits rouges.

Carlo avait déjà attaqué une génoise aux oranges glacées. Fourchette dans une main et stylo dans l'autre, il notait avec son application maniaque le contenu de son assiette. À sa droite, le directeur considérait son propre carnet d'un air perplexe. Il se pencha vers Claudine, sa voisine, et chuchota :

— Tous ces gâteaux paraissent se valoir. Comment peut-on les noter si précisément ?

— Je ne suis pas plus experte que vous. Faites comme moi, mettez la meilleure note à celui que vous préférez.

— C'est le problème, je ne suis pas bec sucré, je ne mange jamais de dessert. Je me suis déjà forcé à goûter ceux d'hier, si j'avale une cuillère de sucre de plus, je vais faire un malaise.

Claudine avait froncé les sourcils.

— Vous ne vous sentez pas bien ? lança-t-elle d'une voix forte.

Il eut un mouvement de surprise.

— Si, pourquoi ?

— Pas vous, M. Cornillon, je parle à M. van Breecht.

Face à elle, le chanteur s'agitait sur sa chaise et tirait sur sa cravate. Il balbutia :

— J'ai un peu chaud.

Il était devenu très rouge sous ses cheveux hérissés et paraissait suffoquer. Un filet de sueur perlait au-dessus de ses sourcils.

— Je… Je… Je…

D'autorité, Jean-Paul attrapa la carafe ancienne posée au centre de la table et se leva pour remplir d'eau le verre du malheureux.

— Buvez ! dit-il en le lui tendant.

Marcus van Breecht saisit son verre d'une main tremblante. Il le porta à ses lèvres et le vida si avidement que le liquide coula sur son menton. Puis, se redressant, il aspira l'air comme un poisson tiré de son bocal.

— Merci, je me sens mieux.

Un souffle de soulagement plana sur la table.

— À la bonne heure ! s'écria Claudine. Vous nous avez fait peur !

— Il faut dire que les repas sont riches, murmura M. Cornillon, il y a de quoi se sentir barbouillé.

— Rien de tel qu'un peu d'eau fraîche, dit Théophile Vernet avec un bon sourire.

Le président était fin gourmet, mais buvait peu de vin. Au cours des repas précédents, il avait été le seul à goûter à l'eau.

Marcus van Breecht acquiesça, un sourire étirant ses lèvres épaisses. Brusquement, tout son torse tressauta, ses bras s'agitèrent et ses yeux roulèrent en tous sens, semblant chercher du secours. Il ouvrit la bouche à nouveau. Une fois, deux fois. Figés sur leurs chaises, les convives entendirent le sifflement de l'air pénétrant dans ses poumons. Dans une ultime convulsion, il s'écroula tête en avant sur son assiette.

27

Les vomissements les plus courts sont les meilleurs

Tétanisés, les dix jurés contemplaient le chanteur noyé dans la crème pralinée. Carlo Forte fut le premier à revenir à la vie.

— *E morto ! Dio mio, un nuovo dramma, che peccato !*

Bien qu'il ait perdu son français sous le coup de l'émotion, ses cris eurent le mérite d'arracher la tablée à sa stupéfaction.

— Il faut le sortir de là, dit Claudine. Redressez-le !

— Ne touchez à rien, couina M. Cornillon, c'est interdit par la loi !

Tout le monde se mit à parler en même temps.

— Ne soyez pas ridicule, il a de la crème dans les narines, il va s'étouffer.

— Mais puisqu'il est déjà mort !

— Qu'est-ce que vous en savez ? Vous êtes médecin ?

Violette sentit son sang-froid s'évaporer. Elle commençait à l'avoir mauvaise. Elle s'était laissé convaincre par Claudine d'abandonner, oui, le mot n'était pas trop fort, sa nouvelle maison, elle avait délaissé ses urgences – au premier rang desquelles figurait l'achat d'un fauteuil à mémoire de forme en tissu éponge vert canard –, parce qu'on lui avait fait miroiter un séjour paradisiaque dans un lieu de rêve (même si ces mots-là n'avaient pas été employés, c'était l'idée générale). Au lieu de quoi, elle était enfermée dans une baraque presque aussi mal chauffée que la sienne, avec un régiment de vieilles barbes qui se regardaient en chiens de faïence et s'écharpaient autour de documents poussiéreux. De quoi lui faire passer à vie le goût de la macaronade, des gâteaux à la crème et du faisan aux truffes blanches.

— Ça suffit, dit-elle en assenant un coup de poing sur la table.

M. Cornillon tressaillit et blêmit en entendant les verres en cristal de son cher service du Prince s'entrechoquer.

— Je vous demande pardon ?

— La première chose à faire est de vérifier l'état de ce malheureux. La seconde est d'appeler la gendarmerie, et le médecin, s'il est encore utile. Quelqu'un possède-t-il son brevet de secouriste ?

— Mais vous plaisantez ? s'écria Ernest Peeters. On n'est pas à un camp de louveteaux !

— Ça, on l'a tous compris, les boy-scouts s'entretuent rarement. Reste qu'il faut savoir si cet homme respire.

Dave se leva.

— J'ai travaillé comme ambulancier durant mes études, j'ai mon EMT-B[1].

Malgré sa bonne volonté, l'expérience était trop lointaine pour qu'il réussisse à prendre le pouls du chanteur

1. *Emergency Medical Technician Basic* : formation de premier niveau des ambulanciers américains.

correctement. Il parvint tout de même à percevoir une respiration.

— Il est vivant.

— *Ma*, pour combien de temps ? lança Carlo.

Violette Laguille lui jeta un regard noir.

— Vous, ça suffit. Au lieu d'affoler tout le monde, rendez-vous utile, aidez Dave à allonger Marcus sur un canapé du salon.

Cette fois, ce fut le directeur qui manqua s'étrangler.

— Un malade sur le canapé de la princesse de Bénévent ? Vous n'y pensez pas ! C'est du velours de soie !

— Tant mieux, rétorqua Violette, Marcus y sera confortable.

— Mais c'est terriblement fragile ! Regardez-le, il bave, c'est affreux, il va gâter le meuble !

La vieille dame croisa les bras, indignée.

— Cet homme est mourant et vous vous inquiétez des taches sur un bout de tissu ?

— Ce n'est pas un bout de tissu, comme vous dites, c'est un velours des manufactures Morgan et Delahaye. Une pièce d'époque, irremplaçable ! Le Mobilier national a essayé de nous piquer ce canapé à trois reprises.

La voix du directeur dérapait dangereusement dans les aigus. Témoignant d'une insensibilité totale, Violette lui tourna le dos et interpella les jurés.

— Il faut deux hommes forts pour transporter Marcus au salon. Tommy, aidez donc Dave !

Après un instant d'hésitation, Tommy rejoignit le correspondant américain. Ils saisirent le chanteur, l'un par les chevilles, l'autre par les aisselles.

— *God*, il pèse son poids, souffla l'Anglais en se redressant.

Tandis qu'ils l'emportaient dans la pièce voisine, Violette intima l'ordre à Jean-Paul d'appeler le médecin.

Le régisseur s'éclipsa, mais ne tarda pas à réapparaître.

— Je tombe sur sa messagerie.

— Essayez les pompiers.

— Même chose. Ça coupe immédiatement. Je crains que l'orage n'ait arraché une antenne.

Comme pour confirmer ses dires, un coup de tonnerre fracassant fit sursauter l'assistance.

— C'est bien notre chance, pesta Claudine. Pas de toubib, pas de pompiers…

Timidement, Li Kang leva la main.

— Peut-être faudrait-il pratiquer un lavage d'estomac, afin d'éliminer le poison ?

— Bonne idée, approuva Violette.

— Mais personne n'est médecin ! s'inquiéta Jean-Paul.

— Je m'en occupe, dit la vieille dame.

Elle s'était fait vomir un certain nombre de fois afin de rentrer dans ses justaucorps et maîtrisait les techniques de base. Les doigts dans la gorge, l'infusion de lobélie. Ne disposant pas de cette plante et répugnant à introduire sa main dans la bouche d'un inconnu, elle opta pour la troisième méthode.

— Apportez-moi une plume.

Le directeur retomba sur sa chaise et enfouit son visage entre ses mains en gémissant.

— Le canapé… Pas sur le canapé !

Son désespoir émut Claudine.

— Vous préférez qu'on installe le malade sur le tapis ?

— Une pièce de Savonnières, offerte par l'impératrice Marie-Louise en personne ! Êtes-vous folle ?

La mairesse devint écarlate.

— Dites donc, je ne vous permets pas !

Un renfort inattendu tira Marc Cornillon de l'échange qui dégénérait. Le serveur s'approcha de lui et souffla :

— Je débarrasse, monsieur ?

Dans le feu de l'action, personne n'avait pris garde à lui, qui attendait la fin du repas.

— Oui, oui, jeta le directeur avant de se précipiter vers le salon où l'on avait emporté Marcus van Breecht.

Le serveur ne se le fit pas répéter. Il empila les assiettes et les couverts sur un plateau et descendit le tout aux cuisines. Les concurrents rangeaient leurs postes en se rongeant les sangs.

— C'est le moment de monter ? demanda Jean-Claude.

— Il n'y a plus personne à table et ils ne sont pas près d'y retourner. Si vous voulez mon avis, vous pouvez aller vous coucher.

Mathis, qui lessivait la longue table en chêne, se redressa.

— Comment ça ? Ils sont partis où ?

— Un des types est tombé raide dans son gâteau et ils n'arrivent pas à joindre le toubib. C'est la panique là-haut. On n'est pas près de servir le café et les mignardises. Ils se débrouilleront sans moi, je rentre. Kevin viendra faire la plonge demain, ce n'est pas dans mon contrat.

Tout en parlant, le serveur se lavait les mains. Il les essuya rapidement, récupéra son manteau et se sauva.

Restés seuls, les cinq pâtissiers se regardèrent. Léonard brisa le silence le premier.

— C'est quoi encore cette histoire ?

— Le poivre, ça secoue, dit Guillaume.

— Arrête avec ça, tu n'es pas drôle. La vieille dame a parlé d'une personne morte empoisonnée hier. Il y en aurait une deuxième ?

Jean-Claude haussa les épaules.

— Ça me semble invraisemblable. On n'est pas dans le château de Dracula ! Restez là à divaguer si ça vous chante, moi, je vais me coucher.

— Moi aussi, dit Mathis.

Après un instant d'hésitation, Léonard leur emboîta le pas.

— Tu dors là ? demanda-t-il à Guillaume, resté immobile près de la cuisinière.

— Non, je vais m'entraîner.

— C'est interdit par le règlement.

L'autre ricana.

— Je ne crois pas qu'ils viendront me fliquer ce soir. D'après ce que j'ai compris, ils ont d'autres chats à fouetter.

Jean-Paul Berthoux avait déniché une plume de paon grâce à laquelle Violette Laguille avait chatouillé la glotte de Marcus van Breecht. Comme prévu, le malheureux avait vomi une bouillie de volaille, de pain aux céréales et de salsifis rôtis. Après quelques haut-le-cœur, il avait rouvert les yeux.

— *Ziek… ziek…*

— Qu'est-ce qu'il dit ? s'était enquis Théophile Vernet.

— Peu importe, avait répondu Violette. Il a repris conscience, c'est bon signe. Nous ne pouvons rien faire de plus. Il sera mieux dans son lit.

— Tout à fait ! s'était écrié le directeur. Mettons ce pauvre homme au lit !

Le tapis et le canapé avaient été épargnés, le malade ayant eu la courtoisie de rendre tripes et boyaux dans le seau en plastique rouge placé sous sa tête par Jean-Paul, mais rien ne servait de tenter le sort.

Reprenant leur poste de brancardiers improvisés, Dave et Tommy avaient transporté le ténor dans sa chambre. Claudine lui avait retiré ses chaussures, sa ceinture, sa veste et sa cravate.

M. Cornillon avait suivi les opérations en ayant le sentiment d'un dédoublement. Il existait un domaine historique, Valençay, classé, référencé, élégant, réputé, dont il était le directeur, et dans lequel les visiteurs venaient admirer des œuvres conservées avec amour. Et il y avait un autre lieu, où les gendarmes patrouillaient, dans lequel les hôtes mouraient, faisaient des crises de nerfs, s'allongeaient sur des pièces d'époque pour vomir, étaient trimballés dans les couloirs comme des gibiers au retour de la chasse et déshabillaient en public leur voisin de table. Une sorte de réalité alternative. Cette soirée qui devait exhiber les charmes de la vie à la française se transformait en film d'horreur. Marcus van Breecht substituait spasmes et vomissures à son récital à la bougie dans le ravissant théâtre rénové.

Le directeur s'était frotté le visage d'une main tremblante.

— Et maintenant ? avait-il demandé à Jean-Paul.

— On attend le médecin, en espérant que Marcus soit encore en vie demain.

Il avait positionné le malade sur le côté, la bouche bien dégagée. Celui-ci avait ouvert les yeux et balbutié une phrase incompréhensible.

— Je vais le veiller.

— Je vais bien, avait soufflé le ténor.

Il s'était redressé, avait réclamé un verre d'eau et l'avait bu à petites gorgées sous le regard réprobateur de Dave, promu infirmier en chef.

— Ce n'est pas très prudent, le liquide va répandre le poison dans tout votre organisme.

— Au contraire, avait rétorqué Claudine, en cas d'intoxication alimentaire, il faut boire beaucoup d'eau.

Jean-Paul avait poussé dans le couloir les apprentis médecins avant qu'ils ne s'écharpent autour du lit du malade et chacun avait gagné sa chambre.

Le directeur avait poussé la porte de la sienne le ventre noué. Il se déshabilla et mit son pyjama, flottant toujours dans cette étrange sensation de dédoublement.

Pourvu que les choses s'arrangent demain, songea-t-il en se brossant les dents. Le déjeuner prévu à la salle des fêtes avec la Confrérie du fromage de Valençay réconforterait tout le monde, il en était certain. Rien de tel qu'un valençay crémeux pour adoucir les tensions. Quoi qu'il en soit, le lendemain ne pourrait pas être pire que ces deux jours passés.

Il était regrettable pour M. Cornillon qu'il ignore le fameux précepte des Monty Python selon lequel quand on s'attend au pire, on n'est jamais déçu.

28

La nuit, tous les jurés sont gris

Violette Laguille considérait que les événements exigeaient des actions plus musclées qu'enfiler sa chemise de nuit et se coucher. Remuer ses neurones. Considérer les faits. Débusquer le tueur. À vingt-quatre heures d'intervalle et en un lieu clos, les chances qu'une personne soit empoisonnée et une deuxième, victime d'un malaise, étaient inférieures au néant. Violette n'avait jamais adhéré à l'alignement des planètes – par exemple, un cycle de violences déclenché par Jupiter en Mars – et elle avait trop roulé sa bosse pour gober l'excuse du hasard. Donc, quelque part au château, tapi dans sa chambre, un humain avait choisi de trucider ses semblables. Mais qui ?

Selon toute probabilité, il s'agissait d'un homme, la liste des suspects ne comptant que trois femmes, Lili Deviers, Claudine Imbert et elle-même. Violette éliminait deux d'entre elles, étant certaine de l'innocence de Claudine comme de la sienne.

Elle admettait sans faire de chichis les entorses à la morale judéo-chrétienne et au Code civil, voire au Code pénal. En revanche, elle détestait le désordre, sous toute forme que ce soit. Les bruits mêlés, les assiettes éparpillées dans l'évier, les manteaux jetés sur un siège, les conversations hachées, les arbustes pas taillés, les cartes de restaurant construites de bric et de broc la mettaient hors d'elle. Un meurtre engendrait un désordre phénoménal. Et ça, ça la faisait sortir de ses gonds. Elle allait mettre le holà à cette pétaudière.

Tandis que son amie montait se coucher, la vieille dame s'assit dans le salon de Jean-Paul. Le feu faiblissait, mais il régnait encore une température agréable. Elle ouvrit son petit carnet et relut ses notes. Suspects. Mobiles. Moyens. Tout était là, sous ses yeux, mais rien ne ressortait. Elle voyait l'un de ces éléments sous le mauvais angle. Lequel ? Qui avait tué Gille Charpentier et pourquoi ? Et pourquoi s'en prendre à Marcus ? « Si je découvre la bonne raison, je trouverai l'auteur », marmonna-t-elle à mi-voix. Demain, elle reprendrait ses interrogatoires.

Elle s'apprêtait à rejoindre son lit lorsque le son d'un tapement attira son attention. Elle s'immobilisa, la main sur la rampe de l'escalier, et tendit l'oreille. Le son se répéta. Il provenait de la porte d'entrée.

— Jean-Paul ?

Il lui semblait pourtant qu'il dormait déjà.

— Ouvrez, chuchota une voix masculine.

Violette n'était pas peureuse, mais l'heure et les circonstances poussaient à la prudence. Jetant un regard autour d'elle, elle avisa la pelle à cendres posée au bord de l'âtre. Elle s'en saisit et s'approcha du battant.

— Qui est là ?

— Carlo Forte. Ouvrez.

Son arme improvisée serrée dans la main droite, elle déverrouilla la porte. L'air méfiant, l'Italien inspecta la pièce par-dessus l'épaule de la vieille dame.

— Êtes-vous seule ?

— Oui, sauf si vous prenez en compte cette pelle.

— Ce que j'ai à vous confier est important et confidentiel.

— Alors entrez, il fait un froid de gueux sur ce seuil.

Il obéit et repoussa la porte derrière lui.

— Avez-vous trouvé les menus ? murmura-t-il.

La vieille dame le fixa en fronçant les sourcils.

— De quels menus parlez-vous ?

— Ceux de Charpentier.

— Je ne comprends rien à ce que vous me dites.

— Charpentier avait retrouvé les menus d'un dîner préparé par Carême pour Napoléon et devait les vendre à Li Kang. Ils se sont entendus tous les deux sur un prix et il devait les apporter ce week-end. J'ai cru comprendre que vous étiez présente quand Charpentier a été retrouvé. Vous n'avez vu aucun document ?

— Non, mais je dois avouer que j'étais surtout concentrée sur le cadavre de votre collègue.

Le visage de l'Italien se contracta.

— Pensez-vous que Charpentier aurait pu les confier au directeur ?

— Je n'en ai pas la moindre idée. Pourquoi l'aurait-il fait ?

— Pour les garder dans un coffre sécurisé ! Ces menus sont des trésors ! Ils sont annotés et signés de la main de l'empereur ! Napoléon était réputé pour sa frugalité, il détestait manger, il avalait ses repas en un quart d'heure et n'aimait que les rougets grillés. Un menu de grand dîner annoté de sa main est une rareté.

Un trafic de vieux papiers, songea Violette. Manquait plus que ça. Mais l'information lui ouvrait de nouvelles perspectives.

— Les autres membres de l'association étaient-ils au courant de cette vente ?

— Certainement pas. Ils s'y seraient fermement opposés, moi le premier : ces menus doivent intégrer un musée ou un fonds public, ils appartiennent au patrimoine mondial. Je n'ai découvert leur petit trafic que vendredi, en entendant Kang et Charpentier en discuter lors de la cérémonie d'ouverture.

Il étouffa une sorte de gloussement et poursuivit :

— Ils auraient dû se montrer plus discrets, mais mon honorable camarade Kang devait être trop impatient pour être prudent. Il demandait à Charpentier si les papiers étaient bien conservés. Je n'ai pas entendu la suite, car Charpentier l'a tiré par le bras vers le couloir. Je comptais les démasquer publiquement lors de notre assemblée générale.

— En admettant qu'une collusion existe entre eux, pourquoi me confiez-vous cette histoire ?

Les yeux de Forte étincelèrent.

— J'espérais que vous auriez des informations. La disparition de documents si rares, si précieux, serait terrible. Peut-être les gendarmes les ont-ils trouvés… Je vous ai vue discuter avec eux, le brigadier ne vous a rien dit à ce sujet ?

— Absolument pas, dit la vieille dame d'un ton définitif.

Le teint mat de Forte vira au gris.

— J'ai été très étonné qu'il ne nous interroge pas tous. Kang est notre seule chance de retrouver ces trésors, il doit absolument le questionner.

Violette ne put retenir un sourire en coin.

— Il le fera, n'ayez crainte. Le brigadier est du genre tenace.

— Savez-vous quand les gendarmes reviendront ?

— Aujourd'hui si la route le leur permet, j'imagine.

— Bien. Je leur demanderai de fouiller la chambre de Charpentier et de chercher ces papiers. Bonne nuit.

Debout sur le seuil de la maisonnette, Violette observa le correspondant s'enfoncer dans l'obscurité.

Était-il nécessaire d'attendre les gendarmes pour s'en assurer ? Bien sûr que non. Elle prit son téléphone, éteignit la lumière de la maisonnette et, à son tour, se glissa au-dehors. La nuit était totale, mais ses yeux s'habituèrent rapidement aux ténèbres et elle traversa la cour sans encombre. La porte du gîte de la duchesse n'était pas verrouillée. À pas de loup, elle monta l'escalier en prenant garde à ne pas faire grincer le bois ancien. La chambre de Gilles se situait au milieu du couloir. Elle entra et alluma la torche de son portable.

Tout était resté en l'état. Le corps avait disparu, mais le lit gardait son empreinte. Rien ne traînait sur la table de chevet ni sur la table basse, là où elle avait aperçu la fameuse assiette de gâteaux. Les plateaux étaient maculés d'une poussière sombre. Tant mieux, se félicita Violette, les enquêteurs ont déjà relevé les empreintes, ils n'y reviendront pas. Elle fouillerait l'esprit tranquille.

La valise de Charpentier gisait au pied de l'armoire, fermée. La vieille dame s'agenouilla et l'ouvrit. Cet imbécile de brigadier n'avait pas songé à la fouiller. Elle la vida méthodiquement. Slips, chaussettes et pyjama, gris et boulochés, lui arrachèrent une grimace. Elle trouva deux boîtes de pansements gastriques, un petit carnet rempli d'adresses de restaurants, et, enfin, tout au fond de la valise, une grande boîte marron. Un carton plat, semblable à ceux des archivistes. Elle le tira du bagage, le posa sur le plancher et l'ouvrit. Il contenait une feuille de papier de soie blanche pliée en deux.

Carlo Forte avait donc dit vrai. Le trésorier de la SIAC avait apporté des documents. Et ceux-ci avaient disparu.

À vingt mètres de là, au premier étage du gîte de la duchesse, Li Kang hésitait à se coucher. Le cœur battant, les mains moites, il arpentait sa chambre. Il était parvenu à le dissimuler tant qu'il avait été en société, mais le malaise soudain de Marcus van Breecht l'avait terrorisé. Le chanteur était son voisin de table, le meurtrier – Li Kang partageait l'opinion de la vieille dame quant aux coïncidences – avait pu se tromper d'assiette. Car qui, parmi les membres de la SIAC, aurait souhaité la mort d'un ténor anversois ? Personne. Ses camarades auraient crucifié sans états d'âme un gérant de fast-food, un fabricant d'œufs en barre ou un producteur de concombre sans pépins, mais le chant lyrique n'avait jamais fait de tort à la gastronomie. Donc, le meurtrier s'était emmêlé les pinceaux et, en voulant se débarrasser de Li, avait empoisonné Marcus van Breecht. Parce que Li était gênant. Li savait. Et le tueur souhaiterait rectifier son erreur. À cette pensée, Li Kang frissonna. Les dieux ne le protégeraient pas deux fois. Comment un critique gastronomique échapperait-il à un empoisonneur ?

Une seule résolution s'ouvrait à lui. Celle de ne plus avaler la moindre miette ni la moindre goutte jusqu'à son départ lundi. Cette perspective lui fit monter les larmes aux yeux. Avoir traversé la moitié du globe pour un séminaire culinaire et être privé de nourriture, quelle cruauté !

DIMANCHE

29

On ne change pas une équipe qui gagne

Le directeur du domaine devait souffrir d'un mauvais karma, car le dimanche débuta sous les pires auspices. À 8 heures du matin, il fut réveillé par une sonnerie insistante. Il crut d'abord qu'il s'agissait de l'alarme incendie. Il se jeta hors de son lit, se prit les pieds dans sa couette et s'effondra sur le plancher. La douleur le réveilla complètement et il réalisa que la sonnerie était celle de l'antique téléphone à cadran vissé au mur du couloir. L'appareil avait été installé là en 1980 et on l'y avait oublié, mais il fonctionnait toujours.

D'une voix assourdie par la fièvre, le maire de Valençay lui annonça que les deux routes départementales étaient coupées. Il conseillait au directeur de garder ses hôtes à l'abri dans le château, ce n'était pas le moment qu'un touriste new-yorkais ou belge tombe dans une pièce d'eau ou se prenne une branche d'arbre sur la tête en baguenaudant dans le parc, les pompiers étaient débordés et n'interviendraient pas. Marc Cornillon, qui se tenait le genou, grimaça, mais enregistra l'information avec stoïcisme. L'ingénieux Jean-Paul trouverait certainement des idées pour occuper tout ce petit monde.

Évidemment, poursuivit le maire de sa voix d'outre-tombe, la confrérie du fromage de Valençay annulait son déjeuner avec les membres de la Société des amis de Carême. Le Nahon ayant débordé, la moitié de la ville était inondée et les membres de la confrérie étaient dans l'incapacité de se rendre à la salle des fêtes, laquelle, de toute façon, n'avait plus d'électricité.

Cette fois, M. Cornillon lâcha un gémissement de douleur.

Il s'habilla en boitillant, enfila sa canadienne et se munit d'un parapluie. Il traversait le jardin d'honneur sous une pluie battante pour rejoindre le château lorsque son regard heurta le gîte de la duchesse. Son visage vira au gris. Le sommeil puis l'appel du maire lui avaient fait oublier le douloureux épisode du dîner. Le chanteur ! Dans quel état le trouverait-on ? Jean-Paul était-il parvenu à joindre le médecin ? Le directeur n'avait pas du tout, mais alors pas du tout envie de gérer un nouveau un cadavre. S'inquiéter de la santé de son hôte était plus urgent qu'annuler un déjeuner.

Encore fallait-il dénicher le régisseur. Il n'était pas chez lui. Où diable se cachait-il ?

— Peut-être attend-il le médecin au chevet de Marcus van Breecht ? suggéra la mairesse qui buvait sa troisième tasse de café.

— Pouvez-vous aller voir ?

Claudine eut un sursaut.

— Entrer dans la chambre d'un homme ? Voyons, monsieur Cornillon ! Ça ne se fait pas !

Le directeur n'osa pas répliquer qu'elle s'était montrée moins prude la veille et n'avait pas hésité à déshabiller l'homme en question. Il n'avait pas plus envie que

Claudine de zieuter un inconnu au lit, mais il fallait bien que quelqu'un s'y colle et il était le directeur. Il avait le sens du devoir.

— Je m'en occupe, soupira-t-il en s'éloignant vers le gîte.

Marcus van Breecht dormait, allongé sous ses draps. Il était seul et son visage présentait une teinte normale. *Ouf*, songea le directeur. Restait à rappeler le médecin, trouver son adjoint et annoncer le changement de programme à ses hôtes.

Jean-Paul ayant été empêché par les inondations de récupérer du pain frais à la boulangerie, il avait bricolé un petit déjeuner avec les moyens du bord et l'avait servi dans la salle à manger. Les membres de la SIAC s'y attablèrent, de plus ou moins bonne humeur. Les événements de la veille les avaient secoués, ils en discutaient à mi-voix en buvant qui sa tasse de thé, qui son bol de café au lait. Violette, qui avait réfléchi toute la nuit à la visite de Carlo et aux pistes qu'elle offrait, les avait rejoints. Elle s'était assise discrètement en bout de table et tendait l'oreille, à l'affût d'une information.

— Pensez-vous que l'un des gâteaux préparés par les concurrents ait été frelaté ? s'enquit Li Kang.

— Impossible, rétorqua Théophile Vernet, nous aurions tous été malades.

— Quand van Breecht a eu son malaise, j'avais déjà goûté à toutes les portions, sauf au saint-honoré, ajouta Dave Higgins.

— Tu as toujours été un peu…

— Un peu quoi ?

— Un peu glouton.

Les oreilles de l'Américain virèrent au cramoisi.

— Je faisais mon office, contrairement à toi, qui décortiquais le contenu de ton assiette du bout des dents comme si tu pratiquais une autopsie.

— J'analyse, moi, je respecte la feuille de route du jury du trophée Antonin-Carême, je prends en compte l'ensemble du travail, l'aspect, le mariage des consistances et des couleurs...

— Si Talleyrand avait agi de la même manière, il n'aurait jamais embauché Carême. La nourriture se vit, elle ne se juge pas comme une opération mathématique.

L'arrivée de M. Cornillon interrompit cet échange tournant à l'aigre. L'annonce de la défection de la Confrérie du fromage de Valençay souleva un concert d'exclamations.

— De toute façon, s'écria Tommy, ce chapitre est une catastrophe, rien ne va !

Théophile Vernet tenta de protester, mais l'Anglais avait perdu son flegme. Les bras croisés, il poursuivit :

— Nous avions le choix entre Chantilly et Valençay, vous avez insisté pour venir à Valençay en nous assurant que notre séjour serait plus agréable. Vous n'avez voulu en faire qu'à votre tête, et quel est le résultat ? Nous sommes enfermés sous des trombes d'eau, à deux pas du cadavre de l'un de nos membres, et nous n'avons plus de trésorier. Belle expérience ! Vous êtes le Poutine du vol-au-vent ! Vous gérez la société comme un tyran, un dictateur ! Vous êtes à sa tête depuis bien trop longtemps !

L'air était chargé d'électricité, une odeur de poudre se répandait entre les chaises cannées Louis XV. Le président devint écarlate.

— Vous m'avez pourtant réélu l'an dernier, messieurs.

— Avait-on le choix ? Votre seul opposant était Charpentier, un goinfre imbu de lui-même qui ne pensait qu'à une chose, manger à l'œil dans toutes les bonnes maisons. On aurait eu le Trump de la gastronomie. Sa critique de la *Brasserie du Cheval rouge* à Nantes me reste en travers de la gorge. Oser encenser cette cuisine d'un niveau de wagon-bar ! Quelle honte pour nous tous et pour notre société !

— Le malheureux est mort, paix à son âme, murmura Ernest Peeters.

— Qu'il rôtisse en enfer !

Sur cette oraison funèbre, Tommy tourna les talons et quitta la pièce. Li Kang se leva à son tour.

— Je regrette de le dire, mais ce n'est pas correct, Théophile. Vous vous étiez engagé à gérer cette rencontre, vous avez manqué à tous vos devoirs.

Il se glissa hors de la salle à manger, suivi de Dave Higgins et de Carlo Forte, dont les yeux noirs étincelaient de fureur. Ernest resta en tête à tête avec le président.

— Toi aussi, tu estimes que c'est ma faute ? demanda le vieil homme d'une voix tremblante.

Le secrétaire hésita. Il secoua la tête et sortit à son tour, abandonnant Théophile Vernet seul derrière son bol de café au lait. Hagard, le président fixa les feuillets de la conférence qu'il avait préparée avec tant d'amour et pour laquelle il avait sacrifié ses pantoufles : « La tomate, cuite ou crue ? Usages et mésusages ». Il tira de sa poche un mouchoir monumental et se moucha bruyamment.

Un toussotement lui fit relever la tête. Violette Laguille le fixait avec sympathie.

— Les gens peuvent se montrer si malveillants, n'est-ce pas ?

— Oui, souffla-t-il en rengainant son mouchoir. Je n'ai rien fait pour mériter un tel opprobre. J'ai toujours été consciencieux, sans parler de l'organisation de ce séminaire que je voulais inoubliable. J'ai convaincu mes confrères d'accepter la visite de cet atelier d'ébénisterie imposée par le maire de Valençay qui tenait à nous faire connaître les talents de sa ville, et il a eu raison, c'était passionnant ! Quel dommage que vous ayez manqué cette visite ! Saviez-vous que l'on fixe les dorures des bronzes avec une solution au cyanure ?

— Monsieur Vernet…

— Appelez-moi Théophile, je vous en prie.

— Théophile, saviez-vous que Gilles Charpentier comptait profiter de sa venue à Valençay pour vendre des documents rares ?

— Jamais de la vie ! De quels documents s'agirait-il ?

— Des menus annotés par Napoléon Ier.

Le président de la SIAC pâlit.

— C'est absurde, l'empereur détestait manger et n'a jamais prêté attention à un repas de sa vie. Alors apostiller des menus, pensez donc !

Un rire sec secoua sa grande carcasse.

— Pourtant, dit Violette, il semblerait que votre trésorier ait trouvé ce mouton à cinq pattes et s'apprêtait à le monnayer à l'un des administrateurs.

— Quoi ?! Quelle infamie ! Qui ? Qui ose donc ?

L'indignation du président semblait sincère.

— Sans preuve, je préfère garder ce nom pour moi. Mais peut-être devriez-vous enquêter au sein de votre institution.

— J'y compte bien.

30

À gourmand, gourmand et demi

Michel vivait une sorte de gueule de bois. Après le départ du père Marcel, il s'était couché et endormi comme une masse. Mais au réveil, lorsqu'il était entré dans la cuisine pour prendre son café, la réalité l'avait saisi. La pièce était un champ de bataille. L'évier était plein de couteaux et de planches à découper sales. La table, les plans de travail, les chaises étaient couverts de bocaux emplis de légumes. Il y avait des bâtonnets de carotte et de radis noir, des bouquets de brocolis et de choux-fleur, des gousses d'ail. Un véritable étal d'épicerie végan. Des flaques poisseuses maculaient le carrelage noir. Le torchon ensanglanté dans lequel il avait emmailloté sa main gisait sur le dossier d'une chaise.

Claudine va me tuer. Il consulta l'horloge du four. Il était 9 heures. Il avait le temps d'effacer les dégâts et de descendre les bocaux à la cave, là où ils ne dérangeraient pas sa femme. Elle détestait le désordre et était très à cheval sur le rangement des placards, la farine avait sa place, le sucre la sienne, et les deux étaient immuables.

C'était lui qui cuisinait, mais c'était elle qui régentait les armoires. Et Michel avait renoncé à lutter.

En fin de matinée, la cuisine avait retrouvé son aspect habituel. Michel se congratula intérieurement et s'accorda une pause. Il alla se promener une heure, mais la pluie l'obligea à rentrer. Il déjeuna avant de s'installer devant le poêle avec son journal. Au bout de deux pages, il réalisa qu'il l'avait déjà lu. Il le jeta au feu, le regarda brûler puis s'ennuya. Il s'ennuyait très fort. L'horloge indiquait 14 heures, Claudine ne rentrerait que le lendemain soir.

Obsédé par ses essais culinaires, il n'avait même pas pensé à appeler son épouse depuis son départ. La honte l'engloutit. Et s'il lui préparait un bon petit dîner ? La visite du père Marcel l'avait mis face à l'amertume qu'il avait ressentie à l'égard de sa femme et même si elle l'ignorait, il s'en voulait de ces vilains sentiments. La choyer était une façon de se racheter. Il avait vingt-quatre heures devant lui, et le temps de préparer des plats exigeant un temps de repos, de levée ou de marinade.

Ravi de son idée, il sortit son livre de cuisine et ouvrit les placards. Entrée, plat, dessert, sa femme aurait un repas de roi, se dit-il en se frottant les mains. Il lui démontrerait qu'elle pouvait se régaler sans courir dans le Berry. Il allait lui préparer un repas italien, un vrai repas d'amoureux. D'abord, une focaccia, ensuite du poulet mariné aux zestes de citron, et en dessert, un tiramisu avec des biscuits maison[1].

1. Tous les gourmands le savent, le tiramisu doit être confectionné la veille, afin d'assouplir ses arômes.

Michel se mit à siffloter tout en pesant sa farine. Si sa femme croyait qu'il l'accueillerait avec une soupe de carottes, haha, elle aurait une bonne surprise !

31

On ne peut empêcher le chien d'aboyer ni le tueur d'assassiner

À 9 h 30, Guillaume Pierre ne s'était toujours pas montré en cuisine.

— Je me demande ce qu'il fabrique, dit Lili Deviers. Je parie qu'il prépare un coup vicieux.

— Il s'est dégonflé, dit Léonard Juillet.

Piémontain, qui terminait un fourrage aux amandes, resta imperturbable.

— Tant pis pour lui, dit-il, nous, on continue. Mon chocolat m'attend.

Il poussa la porte de l'arrière-cuisine et s'immobilisa. Il lui fallut quelques instants pour s'assurer qu'il ne rêvait pas. Intrigués par son silence, les autres relevèrent la tête.

— Tu as vu une souris ? demanda Léonard Juillet.

— J'ai trouvé Guillaume Pierre.

Le pâtissier était allongé sur la machine à chocolat, le haut du corps placé dans la cuve, comme un ivrogne, les bras ballants et le visage plongé dans une nappe poisseuse. Sa tête, son cou, ses épaules, formaient un masque sombre et des larmes de chocolat gouttaient de sa bouche entrouverte. La machine continuait de tourner avec un ronronnement sinistre. Des coulures marron tachaient les dalles de pierre. Tétanisés, les quatre artisans fixaient le corps inanimé.

— Pour une fois, murmura Léonard, les gendarmes ne pataugeront pas dans le sang.

Les mots de sa mère lui revinrent à l'esprit : « Mon fils, tu ne connais pas la malice de Dieu. » Dieu ou Diable, celui qui avait guidé l'assassin n'avait pas fait dans la dentelle côté inventivité.

Les jambes coupées, Mathis s'adossa à la porte.

— Quel est le sadique qui a fait ça ?

— C'est pas moi ! cria Lili.

Fondant en larmes, elle traversa la cuisine à toutes jambes et se précipita dans l'escalier. Jean-Claude s'arracha à sa contemplation morbide.

— Je vais prévenir le régisseur.

Il n'eut pas à prendre cette peine. Jean-Paul Berthoux sortait de la cave, un panier de bouteilles de vin à la main, lorsqu'une silhouette vêtue de blanc lui fonça dessus en sanglotant.

— Mademoiselle! Quelque chose ne va pas ?

Lili pleurait si fort qu'il ne comprit pas un mot à ses bredouillements. Posant le casier sur le sol en terre battue, il lui prit les poignets et les serra fermement.

— Respirez, mademoiselle, respirez lentement.

Elle ouvrit la bouche et haleta comme un chiot en train de se noyer, mais ses spasmes s'espacèrent.

— Voilà, c'est bien. Maintenant, dites-moi ce qui se passe. Vous vous êtes brûlée ?

— Guillaume, gémit-elle. Il… Il est… Il est…

— Oui ? l'encouragea le régisseur.

— Il est dans la machine à chocolat, souffla Lili avant de s'évanouir.

M. Cornillon ne portait plus de nœud papillon ni même de cravate. Engoncé dans un pull marine trop grand, il flottait derrière son bureau comme une âme en peine. Même ses mains, pâles et tremblantes, semblaient avoir rétréci.

— Et moi qui me désolais encore jeudi qu'aucun journaliste ne se déplace pour couvrir le concours ! Heureusement qu'ils ne sont pas là. Imaginez les gros titres ! Ce serait une catastrophe pour l'image de Valençay, nous ne nous en remettrions jamais !

Assise dans un fauteuil dont les tons verts s'accordaient à merveille avec son ensemble crème, Violette Laguille le considérait avec pitié.

— Vous devez rebondir, dit Claudine Imbert.

— Le domaine va rebondir, renchérit Jean-Paul.

La vision d'un énorme ballon gonflable et sautillant passa furtivement devant les yeux de Violette. Elle étouffa un fou rire nerveux et se pencha en avant.

— Cher monsieur, réjouissez-vous : qu'on parle de moi en bien ou en mal, peu importe, l'essentiel, c'est qu'on parle de moi, disait Coco Chanel[1].

— Je ne vois pas ce que le château gagne à être présenté comme un nid de tueurs, grinça M. Cornillon.

L'indignation le rendait aigre. Valençay était un bijou et le ou les meurtrier(s) le souillai(en)t par leurs actes odieux.

1. La phrase est en fait de Léon Zitrone, mais il faut avouer que Coco Chanel est plus glamour.

Claudine tentait de faire bonne figure et de conserver son assurance, mais sa bonne humeur avait pris du vent dans les voiles. Délices et décor de luxe ou pas, elle commençait à regretter Mouy-sur-Loire, son curé matois, sa coiffeuse arrogante, son adjoint fourbe et les bœufs bourguignons un poil trop gras de Michel. Guillaume Pierre n'était pourtant pas une grande perte, c'était une petite enflure. En témoignait sa réflexion la veille, à l'annonce du décès de Charpentier, lorsqu'il avait demandé si cette mort gênerait le concours. Malgré tout, les macchabées s'entassaient à une vitesse qui aurait donné le vertige à un cascadeur. Deux en deux jours.

— Heureusement que le trophée se termine, marmonna-t-elle.

— J'ai rappelé le brigadier, dit Jean-Paul, il ne viendra qu'en fin d'après-midi, toute la région est noyée sous la tempête et la brigade est mobilisée pour aider les pompiers. Je lui ai demandé l'autorisation de déplacer le corps, mais il nous l'interdit.

— On ne peut pas le laisser la tête dans le chocolat, s'indigna Claudine, ce n'est pas humain !

— Nous n'avons pas le choix.

Violette Laguille se redressa d'un air déterminé.

— Si nous attendons le brigadier, le meurtrier aura le temps de disparaître dix fois ou de frapper à nouveau. Jean-Paul, sécurisez la pièce. Je vais interroger les participants.

— Mais nous n'avons aucun droit de le faire ! se récria Claudine Imbert.

— Allons donc ! Vous l'avez rappelé vous-même à M. Cornillon : en tant que maire, vous êtes officier de police judiciaire.

Claudine leva les bras au ciel.

— Cette attribution me permet simplement de constater des infractions, infliger une amende et surtout, surtout, hélas, recevoir des plaintes, prérogative dont je me passerais volontiers. Je n'ai jamais mené un interrogatoire de ma vie.

— Il y a un début à tout, rétorqua Violette. Allez, venez.

— D'accord, mais vous menez les interrogatoires.

— Parfait, vous serez ma secrétaire.

Violette Laguille avait décidé de procéder par ordre d'importance. En tant que découvreur du cadavre, Jean-Claude Piémontain fut le premier convoqué. Les traits un peu tirés, il entra dans le petit salon. La vieille dame était installée dans une bergère bleue, Claudine, un carnet ouvert sur les genoux, était assise à sa gauche.

Violette lui désigna un siège, et attaqua.

— Vous avez dû avoir un choc en découvrant le corps de votre collègue.

— Ça, oui…

Jean-Claude revit le corps de Guillaume couvert de chocolat, le sinistre ronronnement de la machine et déglutit péniblement.

— C'était affreux.

— Vous connaissiez Guillaume Pierre ?

— Pas avant ce week-end. Le communiqué de presse rédigé par la SIAC expliquait qu'il avait été nommé second au *Ritz* cet automne et qu'il avait animé des master class à l'étranger. J'ai un peu de mal à imaginer ce type donner des cours, mais il faut croire que ses méthodes plaisaient à certains.

— Estimez-vous qu'il était brillant ?

Le chef hésita puis lâcha :

— Je vais être franc, il emmerdait tout le monde. Il houspillait Léonard et Lili, il a même détruit son saint-honoré hier. Il l'a arrosé de poivre.

Claudine réprima une grimace, se félicitant de n'avoir pas eu le temps de le goûter.

— Mais il était doué ? insista Violette.

— Oui.

— Il ne s'en est jamais pris à vous ?

— Sans doute qu'il n'osait pas, j'ai pas mal de bouteille.

— Et le petit jeune ?

— Mathis ? Guillaume lui fichait la paix, il ne devait pas le considérer comme un concurrent sérieux.

— Il avait des chances de remporter le trophée ?

— Comme nous tous. Les concours, vous savez ce que c'est... Tant d'éléments entrent en compte, l'humeur des jurés, la qualité des produits, la température de la salle... On ne sait jamais à l'avance qui se montrera le meilleur le jour J.

Claudine, qui notait consciencieusement les réponses du pâtissier, releva la tête et le fixa d'un air interrogatif. La sentant perdue, il expliqua :

— La pâtisserie, c'est de la chimie. La température et l'hydrométrie, qu'on ne maîtrise pas, sauf si on est dans un excellent labo, jouent un rôle crucial. S'il pleut, votre caramel et votre pâte à chou ramollissent, s'il fait chaud, votre chocolat part en compote. Vous avez vu les cuisines ? Ici, on ne contrôle rien. L'autre grande difficulté du trophée Carême, c'est sa durée. Il faut assurer durant les trois jours. Et préparer des plats salés, ce qui est un défi supplémentaire. On sait cuisiner un rôti, mais on est loin d'être des experts. Sur cette partie-là, les concurrents ayant travaillé en restaurant ont un avantage sur ceux qui ne connaissent que la boutique.

— Merci pour ces explications techniques, dit Violette. Revenons-en à notre affaire. Avez-vous discuté avec Marcus van Breecht, l'un des jurés ?

— Je n'ai parlé à personne, sauf au régisseur du château. Et à vous et votre amie hier.

— Gilles Charpentier n'est pas venu vous voir ?

Le visage de Jean-Claude resta impassible.

— Non.

— Pourtant, il vous connaissait bien. Il a écrit deux critiques sur votre boutique.

— Faut croire qu'il m'avait oublié, rétorqua le pâtissier d'une voix lisse. Et je crois que cet homme ne me connaissait pas.

Un petit nerf agitait sa paupière droite. Violette comprit qu'elle n'en tirerait rien de plus.

— Je vois. Merci de votre sincérité. Pouvez-vous demander à Léonard Juillet de venir ?

Tandis que le pâtissier s'éloignait, elle souffla à Claudine :

— Vous voyez ? Ce n'est pas si difficile.

— Oui, mais j'ai peur d'être incapable de relire mes notes.

— Ne vous inquiétez pas pour ça, ma chère, tout est enregistré là-dedans.

Et du doigt, elle tapota la mèche blanche qui bouclait sur ses tempes.

Le jeune Martiniquais s'installa à son tour face aux deux femmes.

— Parlez-moi de vous, Léonard, dit Violette.

Gêné, il s'agita sur sa chaise.

— Heu… J'ai obtenu mon CAP au campus des métiers de Rivière-Salé, en Martinique. J'aimais bien, alors j'ai poursuivi en BTM à Paris, chez *Ladurée*.

— Ce n'est pas votre CV qui m'intéresse, Léonard. Dites-moi plutôt pourquoi vous avez choisi ce métier ?

Il prit une grande inspiration.

— Quand j'étais petit, j'étais souvent malade. Pour me consoler, ma mère me faisait du gâteau de riz et du renversé à l'ananas, cuits dans le caramel. Je n'ai jamais retrouvé ces goûts-là en grandissant, peut-être parce qu'ils avaient le goût de l'amour, tout simplement. J'ai quand même essayé de les reproduire. C'est comme ça que je suis devenu pâtissier. Vous voyez, c'est une histoire bête.

— Vous connaissiez les membres du jury ?

— De nom, ils étaient mentionnés dans la convocation. Je ne les avais jamais rencontrés avant vendredi.

— Et les autres candidats ?

— Pareil.

— Votre collègue m'a expliqué que le plus difficile dans ce concours, c'était sa durée. Vous partagez son avis ?

— Tout à fait. Dans ce métier, c'est comme dans le foot, il faut réussir à durer. On commence à 15 ans, et on doit travailler jusqu'à 60, alors la route est longue. Et pénible. Faut être endurant. Le trophée Carême récompense aussi cette qualité-là. Sans ça, on n'y arrive pas.

Claudine, qui se piquait en tant que maire de connaître l'artisanat et l'économie, lança :

— Il me semble pourtant que les métiers de bouche ont le vent en poupe ?

Un grand rire gonfla les joues rondes de Léonard.

— Ça, c'est la télé ! En vrai, les deux bouts de la chaîne en bavent : les patrons ont du mal à trouver du personnel fiable et les pâtissiers peinent à trouver un patron correct.

— Ça a été votre cas ? s'enquit Violette.

— Comme tout le monde, dit-il en haussant les épaules. Demandez à Lili Deviers et à Mathis Leclerc, ils vous diront la même chose.

Son visage s'était fermé. La vielle dame émit une dernière question :

— Depuis vendredi, avez-vous le souvenir d'un geste ou d'une parole qui vous aurait surpris ? Un détail qui pourrait être lié aux empoisonnements des deux jurés et au meurtre de Guillaume Pierre ?

— Rien. On est arrivés, on a bossé et on a dormi. Je n'ai vu personne en dehors de la cuisine. On est logés dans les combles du château et depuis deux jours, je n'ai été que de la cave au grenier.

Il se garda bien de signaler aux deux enquêtrices qu'il avait vu le premier jour Guillaume Pierre s'éclipser avec une assiette de gâteaux. Il ne l'avait pas dénoncé afin de garder une prise sur son collègue au cas où celui-ci irait trop loin, mais quelqu'un d'autre l'avait arrêté, et de façon plus définitive.

Mathis, qui succéda à Léonard, fut franc :

— Si j'avais su, je ne serais pas venu.

— Vous ne tenez pas au trophée Carême ? demanda Violette.

Il aurait bien été le premier.

— Si, mais pas à n'importe quel prix. C'est déjà assez pénible de supporter des collègues qui vous tirent dans les pattes, comme Guillaume Pierre, si en prime, y a un psychopathe dans le secteur, non merci. Je passe mon tour. Je ne sais même pas comment on va réussir à terminer nos pièces. Piémontain avait prévu une sauce au chocolat pour accompagner la sienne… Il l'a dans le baba, le pauvre.

Comme Léonard, il n'avait aucun élément à apporter et il avait rencontré les jurés pour la première fois le vendredi, lors du goûter.

— Si j'avais vu quelque chose, je vous le dirais. Guillaume Pierre était un sale type, mais il ne méritait pas de finir comme ça.

Claudine partageait assez son point de vue.

32

Les assassins ne se mangent pas entre eux

Lili Deviers fut la dernière à se présenter. Les paupières gonflés, elle s'assit tout au bord du fauteuil tapissé de soie, comme prête à s'enfuir. *Ou à s'évanouir,* songea Violette en considérant les doigts tremblants et les ongles rongés de la jeune fille. *Cette petite est une boule de nerfs.* Optant pour son sourire n° 1 et sa voix n° 3 – la plus douce, celle qui avait convaincu le directeur du Cirque d'hiver de l'engager en 1968 –, elle demanda :

— Vous permettez que je vous appelle Lili ?

— Oui, murmura Lili.

Sa voix était si ténue que les deux femmes l'entendirent à peine.

— Parlez normalement, dit Claudine, nous ne sommes pas sur écoute.

À ces mots, Lili se rétracta sur son siège comme une feuille morte.

— Allons, allons, dit Violette d'une voix apaisante, nous sommes là pour discuter avec vous et comprendre ce qui est arrivé à Guillaume. Rien de plus.

— Je vous jure, madame, je ne sais pas ! Je n'ai rien à voir avec ce… cette… cette horreur !

Cachant son visage entre ses mains, elle éclata en sanglots.

— Ça commence bien, grommela Claudine.

Violette jeta un regard furieux à son acolyte.

— Apportez un verre d'eau à cette petite.

Penaude, la mairesse s'éclipsa vers la salle à manger. Elle revint un instant plus tard, munie d'une carafe en cristal et d'un verre à pied. *La gamine tremble tant qu'elle risque de le briser avec ses dents*, pensa Violette.

Lili pleurait toujours. La vieille dame lui tendit le verre.

— Buvez un peu, cela vous fera du bien.

D'un revers de manche, la jeune fille s'essuya les yeux. Elle saisit le verre d'une main hésitante, but une gorgée et reprit sa position de grenouille recroquevillée.

— Maintenant, Lili, racontez-nous simplement ce qu'il s'est passé. Avez-vous vu Guillaume ce matin ?

— Non, pas avant de le trouver dans la machine à chocolat.

Sentant le déluge de larmes revenir, Violette se hâta d'enchaîner :

— Et hier soir ? Il allait bien ?

— Oui. Quand nous sommes allés nous coucher après le service, il est resté en cuisine.

— Savez-vous pourquoi ?

— Il voulait s'entraîner. On n'a pas le droit de le faire durant le concours, mais Guillaume s'en fichait.

— Si je comprends bien, ce jeune homme n'en faisait qu'à sa tête ?

Lili baissa les yeux sans répondre.

— Vous dormez tous les cinq au dernier étage, n'est-ce pas ? reprit Violette.

— Oui, dans les anciennes chambres de bonne.

— Avez-vous entendu Guillaume se coucher ?

— Non, j'étais dans mon lit et je pleurais. Il avait mis du poivre sur mon saint-honoré et je savais que j'allais être éliminée. Le serveur avait emporté ma pièce avant que je puisse réparer les dégâts. J'étais désespérée, je pensais juste que… que j'avais tout raté. Comme le premier soir. J'étais si mal que j'ai voulu sauter par la fenêtre.

Claudine réprima un cri horrifié.

— Vous ne pouvez pas comprendre ce que ce trophée représentait pour moi, dit Lili, se tournant vers elle. Je voulais que mes parents soient fiers de moi, qu'ils me pardonnent d'avoir refusé de faire de grandes études.

Elle ravala un hoquet et renifla.

— Je comprends, dit Violette en lui tapotant le genou. Heureusement, vous avez renoncé à votre idée.

— J'ai eu peur de rester accrochée à une gouttière ou de me rater. Il y avait un type qui se promenait dehors et il aurait appelé les secours.

Violette haussa les sourcils.

— Un type ?

— Oui, un homme avec un long manteau noir, je ne sais pas qui c'était, il faisait nuit. J'ai fermé la fenêtre et je me suis couchée. C'est bête, hein ?

— Au contraire, vous avez eu raison. Et ce matin, l'un d'entre vous s'est-il inquiété de l'absence de Guillaume ?

— Personne. On était préoccupés par le déjeuner. On devait installer nos postes, préparer nos crèmes… J'avais juste hâte que ce week-end se termine.

Elle se tut, et baissa les yeux sur le verre en cristal qu'elle serrait entre ses mains.

— Je ne sais pas ce qui s'est passé, je vous jure. On le détestait tous, mais les autres ne sont pas des mauvaises personnes. Léonard et JC ont même pris ma défense. Guillaume était affreux avec ce pauvre Léonard, il l'insultait, mais aucun d'entre nous ne l'a tué, je vous assure.

— Tout le monde vous croit, ma petite Lili, et vous nous avez beaucoup aidé. J'ai une dernière question : peut-on tomber dans la machine à chocolat par accident ?

— Impossible. Ce serait comme tomber dans un évier. Si vous glissez et plongez la tête dans la cuve, vous aurez la tête couverte de chocolat, mais vous vous redresserez.

Sauf si on vous maintient la tête dans le liquide assez longtemps pour vous noyer, songea Violette.

Jean-Paul désespérait de calmer les angoisses de son patron lorsque Claudine et Violette réapparurent. Ils analysèrent ensemble les auditions des quatre concurrents. Elles n'offraient aucune information précise. Lili avait beaucoup pleuré, Violette avait dû lui passer son propre mouchoir. La jeune femme et Léonard Juillet avaient clairement été les souffre-douleur de Guillaume Pierre. Piémontain possédait un sérieux mobile pour tuer Charpentier, mais en jetant son concurrent dans le chocolat, il aurait saboté son propre travail, sa pièce nécessitant du chocolat fondu.

— Guillaume Pierre a poussé ses collègues à bout, conclut Claudine. Mais lequel a franchi la ligne rouge ?

Violette mordillait le bout de son crayon.

— Les deux meurtres et la tentative d'empoisonnement sont liés. Ça pourrait être la fille. On ne se méfie jamais des femmes, mais elles sont autant capables de tuer que les hommes et elles adorent le poison[1].

Jean-Paul secoua la tête.

— Je n'y crois pas une seconde. Vous imaginez la petite Lili Deviers lui sauter dessus et l'assommer avec son rouleau à pâtisserie avant de le jeter dans la bassine à chocolat ? Guillaume Pierre pesait au moins soixante-quinze kilos et elle, doit en faire quarante-cinq, toque et veste comprises.

— C'est vrai, dit Claudine, cette gamine ressemble à une crevette. J'ignore comment elle parvient à porter un sac de farine.

Violette réfléchissait toujours.

— Et si c'était les deux ? Léonard et Lili ensemble ?

— Les gens ne font pas équipe de cette manière-là, rétorqua le régisseur, il s'agit de commettre un meurtre, pas d'aller au marché.

— Justement. L'un des deux peut avoir eu l'idée et l'envie de tuer, mais manquer de courage. Ou de muscles. Or on se sent plus fort à deux. Lili a peut-être demandé à Léonard de lui filer un coup de main, elle a été la tête et lui les bras. Ou Lili et Mathis. Il est jeune, mais costaud, il mesure près d'un mètre quatre-vingt.

— Un assassinat collectif ? demanda la mairesse. Comme dans *Le Crime de l'Orient-Express* ?

— Oui.

1. Le féminisme de Violette est tout à son honneur, mais les statistiques du ministère de l'Intérieur sont implacables : seulement 2 % des meurtriers seraient des meurtrières.

Le régisseur se gratta la tête.

— Ça me semble tiré par les cheveux, mais pourquoi pas. Tout me paraît possible, après ce que j'ai vu en deux jours.

Les notes lentes d'une valse lui firent froncer les sourcils.

— Qu'est-ce que c'est encore que ça ?

— Cela provient du salon de musique, dit Violette.

— Allons voir. Le pianoforte est classé, lui aussi. Si quelqu'un l'abîme, M. Cornillon va faire une crise cardiaque.

Assis devant l'instrument, le directeur tapotait les touches d'un air las.

— La musique adoucit les mœurs, dit-on. Puisque le concert a été annulé, je tente un peu de piano. Qui sait ? Cela dissuadera peut-être le meurtrier de poursuivre son œuvre funeste.

— Vous jouez du piano, monsieur ? s'étonna le régisseur.

— J'en ai fait dans ma jeunesse. Je n'étais pas très doué, mais j'aimais ça. Je n'avais pas osé toucher à cette merveille jusqu'à aujourd'hui. C'est le moment ou jamais, non ? Si je meurs empoisonné ou étranglé cette nuit, j'aurai un regret en moins. Jouer sur un Érard, c'est le rêve d'un musicien, fût-il aussi amateur que moi.

Changeant de rythme, il se lança dans une mélodie martiale.

— Un pianoforte, murmura Violette, les yeux rivés à l'instrument. Ce n'est pas un clavecin ?

— Évidemment, dit le directeur. Érard était le meilleur facteur de pianoforte de l'époque, c'est d'ailleurs lui qui a été le premier à les concevoir. Il était fournisseur du roi. Cet instrument date de 1808, et il est l'un des rares modèles d'époque qui soit parvenu jusqu'à nous. Il chante comme un rossignol !

— N'importe quel artiste de musique classique sait distinguer un clavecin d'un pianoforte, n'est-ce pas ?

— Évidemment, répéta le directeur.

— Saperlipopette !

Elle saisit le bras de Jean-Paul :

— Avez-vous vu Marcus van Breecht ce matin ?

— Non. Mais j'ai eu le médecin, il ne devrait pas tarder.

— Ce n'est pas d'un docteur dont il a besoin, mais des gendarmes.

Abasourdi, le directeur murmura :

— Mon Dieu ! Il sera la prochaine victime ?

— Au contraire. Hier, rappelez-vous, j'ai rencontré Marcus van Breecht dans les jardins.

— Pourtant, le temps ne se prêtait guère à une promenade, dit Claudine d'un air entendu.

— Je vous ai retrouvée mouillée comme une éponge, sourit le régisseur.

Violette balaya leurs réflexions d'un revers de main.

— C'est bien la question ! Savez-vous ce que Marcus m'a dit ?

Trois paires d'yeux écarquillés se consultèrent puis la fixèrent en silence.

— Qu'est-ce qu'il vous a dit ? s'impatienta enfin la mairesse.

— Il a parlé du clavecin du château. Or, M. Cornillon vient de nous expliquer qu'aucun musicien professionnel ne confondrait un clavecin avec un pianoforte. Je vous parie que Marcus van Breecht n'est pas plus ténor que je suis mécanicienne. C'est un imposteur.

— Mais pourquoi ? Quel intérêt aurait-il à se faire passer pour un chanteur ?

— Afin de participer au séminaire de la SIAC. Il voulait les menus de Napoléon.

— Des menus de Napoléon ? C'est absurde, dit Jean-Paul, le château n'en conserve aucun. De toute façon, ça n'existe pas, l'empereur n'a jamais rédigé de menus.

— Selon Carlo Forte, Gilles Charpentier avait trouvé des menus annotés de la main de Bonaparte et comptait les vendre à l'un des membres de la SIAC, Li Kang. Celui-ci vivant de l'autre côté du globe, ils ont profité du séminaire pour leur trafic. Menu contre argent. Mais leurs échanges ont dû être interceptés, ou le propriétaire initial des documents a donné le nom de Charpentier à un collectionneur. Ces gens sont à l'affût des raretés arrivant sur le marché et l'un d'eux a embauché Marcus van Breecht comme homme de main. Le lieu tombait à pic pour une opération, précisément parce que le château est isolé, sans réseau pour les portables. Les chances que l'un des membres de la SIAC fasse des recherches sur lui étaient minimes. Il était sûr de rester sous les radars.

Le directeur, qui était resté muet d'effarement en écoutant la vieille dame, la dévisagea d'un air soupçonneux.

— Comment connaissez-vous ce genre de pratiques ?

Violette toussota.

— J'ai eu l'occasion de fréquenter le milieu des collectionneurs, et je sais qu'ils sont prêts à tout pour assouvir leur passion.

— Tout le monde sait ça, coupa Claudine. Mais qui a empoisonné Marcus ?

— Lui-même, pour échapper au récital qu'il était bien en peine d'assurer. On ne s'improvise pas chanteur lyrique.

— Et Guillaume Pierre ?

— Il a vu l'assassin ou a deviné son identité, et celui-ci s'en est rendu compte. Le gamin était prêt à tout pour gagner. Il avait étudié les membres du jury et savait que Gilles Charpentier était corruptible. Il a donc décidé de tenter sa chance en allant le voir. Soit il l'a trouvé mort, soit c'est lui qui a apporté, en toute bonne foi, l'arme du crime. Je penche pour cette deuxième hypothèse. Ce qui expliquerait que l'empoisonnement de Marcus l'ait surpris et jeté dans la gueule du loup. Il a compris qu'il y avait baleine sous macaron.

— Obsédé par son désir de gagner, il a voulu acheter le meurtrier en échangeant son silence contre l'aide du ténor pour gagner le concours, murmura Claudine.

— Exactement. Mais on ne fait pas chanter une crapule, fût-elle vedette d'opéra.

— Pauvre gosse, dit Jean-Paul.

Claudine avait retrouvé son énergie.

— Il faut enfermer ce monstre dans sa chambre, l'empêcher de s'échapper avant l'arrivée des gendarmes !

— J'ai une bien meilleure idée, dit Violette. M. Cornillon, restez-là, reposez-vous. Claudine, prenez soin de lui, je m'occupe de tout. Jean-Paul, pouvez-vous m'indiquer où vous rangez le thé ?

33

La fouille est le plaisir des vieux

Violette revint une demi-heure plus tard.

— Allons-y, dit-elle à Claudine.

— Mais où ?

— Dénicher ce que Marcus nous cache.

La vieille dame la remorqua vers le gîte de la duchesse.

Parvenue à l'étage, Claudine toujours sur ses talons, elle ouvrit une porte et posa un doigt sur ses lèvres en désignant une bergère. Le chanteur était avachi dans le siège, la tête inclinée sur l'épaule et les yeux clos.

Claudine poussa un petit cri.

— Vous l'avez tué ?

— Chuuuuut ! Bien sûr que non, voyons, il dort. J'ai écrasé un cachet de somnifère dans son thé. On ne se méfie pas d'une gentille vieille dame qui vous offre une tasse de thé et il était ravi d'avoir une visite[1]. Le rôle de malade commençait à lui peser.

---

1. Le lecteur saura à quoi s'attendre si une octogénaire prénommée Violette lui sert une tasse de thé. Nous lui conseillons de la verser discrètement dans une plante verte (la tasse, pas l'octogénaire).

Sentant le regard interdit de son amie, elle précisa :

— Quand on part en week-end, il faut toujours emporter quelques médicaments avec soi. Maintenant, allons-y.

Elle poussa Claudine dans la chambre et referma la porte derrière elles. La mairesse tournait sur elle-même, déstabilisée.

Violette, qui ouvrait déjà le bagage du ténor, s'impatienta.

— Ne restez pas là plantée comme une bûche, aidez-moi. Regardez dans les tiroirs et l'armoire si vous trouvez quelque chose. Du poison, une arme, n'importe quoi de suspect.

À genoux devant la valise ouverte, Violette souleva les chemises et les chaussettes en songeant qu'elle allait finir par connaître la taille des sous-vêtements de tous ces messieurs ainsi que leurs goûts intimes. Contrairement à Charpentier, le chanteur portait des caleçons. Claudine l'observait, bouche bée. La dextérité de la vieille dame trahissait une belle expérience.

— Bougez-vous, siffla cette dernière. Le somnifère n'est pas infaillible et je ne donne pas cher de notre peau si ce bonhomme se réveille.

Tout en parlant, elle sentit sous ses doigts une épaisseur suspecte. La doublure de la valise cachait une poche discrète, presque invisible. La mairesse eut un hoquet de panique et se précipita vers la table de nuit. Elle examina le portefeuille, qui contenait un passeport, quelques billets de dix et vingt euros et un billet de train Orléans-Strasbourg. Un voyage qu'elle ne souhaitait à personne, pensa-t-elle en notant la durée du trajet et les trois changements de train. Le tiroir ne recelait qu'un tube d'aspirine.

— Rien ici. Et de votre côté, Violette ?

— Cette enveloppe, cachée dans la valise. Ce sont les fameux menus. Je regarde dans son veston.

La poche gauche contenait un mouchoir en coton et un trousseau de clés, celle de droite, un jeu de cartes dans un étui en cuir fauve. L'un comme l'autre se transformaient difficilement en armes létales. Les chaussures, une paire de souliers noirs à lacets fins, ne cachaient pas davantage de secrets. L'armoire accueillait un smoking, la cape noire du chanteur, deux oreillers et une couverture supplémentaires.

— Je vais fouiller la salle de bains, dit Violette.

L'armoire de toilette, minuscule, recelait un peigne, une brosse à dents, un tube de dentifrice, un nécessaire à raser et un flacon d'eau de toilette. C'était affreusement décevant. Transporter des menus anciens n'était pas un crime, et sans trace de poison, Marcus s'en sortirait comme une fleur. Il y avait forcément une preuve, un indice, dans cette chambre.

La mairesse la rejoignit à pas de loup.

— On peut y aller, maintenant ? supplia-t-elle.

— Dans un instant.

Restait à examiner les poches du chanteur. L'opération était délicate et pouvait le réveiller, mais la vieille dame était prête à courir ce risque. S'approchant furtivement de la bergère, elle s'agenouilla et glissa sa main dans la poche droite du pantalon du ténor. Elle était vide, mais la vieille dame sentit tout au fond des sortes de miettes qu'elle peina à attraper du bout des ongles.

— Vous avez votre téléphone, Claudine ? murmura-t-elle en se relevant.

— Oui.

— Prenez une photo du visage de Van Breecht et filons.

Il était 13 heures passées et le déjeuner n'était pas servi. Dans le grand salon, Tommy Smith et Dave Higgins s'agitaient. Quant à Carlo Forte, il maugréait dans un coin.

— Quand nous disions que rien ne va, pesta Tommy Smith.

Assis un peu à l'écart, Théophile Vernet ne releva pas. Les reproches émis à son égard lui avaient coupé l'appétit. Pour les oublier, il dévorait un traité d'agriculture dont la lecture l'entourait d'une bulle protectrice.

Li Kang ne se plaignait pas, au contraire : l'absence de déjeuner soutenait sa résolution. Pas de nourriture, pas de risque d'empoisonnement.

Ernest Peeters, lui, ressentait des tiraillements d'estomac. Les deux serveurs restaient invisibles. Le secrétaire de la SIAC hésitait à descendre en cuisine, mais les jurés avaient défense d'y pénétrer. Il se leva.

— Je vais voir le directeur.

Il traversait la cour lorsqu'il tomba nez à nez avec trois gendarmes qui lui intimèrent de rentrer dans le château.

— Mais pourquoi ?

— Obéissez. Ponthin, suivez ce monsieur.

Abasourdi, Ernest reprit le chemin du salon, le gendarme sur ses talons.

Dans le bureau du directeur, Violette achevait le rapport de l'expédition menée en compagnie de son amie.

— Nous avons fouillé la chambre de Marcus van Breecht de fond en comble. Évidemment, il ne gardait rien de compromettant, ni cyanure, ni substances spasmodiques.

— Il a donc été empoisonné ? s'exclama Jean-Paul.

— Il est assez bon comédien pour nous avoir joué la scène du dîner sans aide.

— C'est impossible !

— Au contraire, c'est très facile. Regardez.

Violette devint écarlate. Un filet de sueur perla sur son front puis, sous les yeux écarquillés des deux hommes, elle se laissa tomber dans un fauteuil, haleta, hoqueta et parut s'évanouir. Le régisseur se précipita vers elle.

— Violette !

— Tout va bien, souffla la vieille dame. Regardez.

Encore pantelante, elle tendit sa main ouverte, dans laquelle reposaient de petites graines orangées.

— Du piment. Je l'ai trouvé dans la poche de Van Breecht. Il en a croqué quelques grains avant son évanouissement. Rien de mieux pour devenir rouge et transpirant.

— Mais personne ne s'évanouit sur commande, se récria Claudine.

— Bien sûr que si. Il suffit de connaître deux ou trois astuces, savoir bloquer sa respiration et contracter son diaphragme, bref, rien de sorcier. J'ai appris ça quand j'étais jeune. Notre cher ténor nous a offert le même genre de gag. Nous sommes tous tombés dans le panneau et l'avons écarté des suspects, ce qui était son but. Car Carlo Forte avait raison…

M. Cornillon jaillit de son fauteuil.

— Ils existent donc ?

— On le dirait bien. Van Breecht les avait cachés dans un double-fond de sa valise.

— Où sont-ils ? Laissez-moi les voir !

— Les voici, dit Claudine en posant sur le bureau une liasse de feuilles épaisses.

Le directeur chaussa ses lunettes et la saisit d'une main fiévreuse.

— Incroyable... Des menus annotés par l'empereur, incroyable ! C'est le plus beau jour de ma vie...

L'entrée du brigadier Desnoyers interrompit sa contemplation.

— Vous êtes en avance, brigadier, dit aimablement Violette.

Claudine ne dissimula pas son soulagement.

— Il était temps ! L'assassin vous attend. Vous le trouverez dans sa chambre, dans le gîte de la duchesse, troisième porte à droite au premier étage.

Le brigadier n'entendait pas être utilisé comme un pion.

— Qu'est-ce que c'est encore que cette histoire ? M. Berthoux m'a signalé un corps trouvé dans les cuisines du château.

— Les deux sont compatibles. Le nouveau mort est dans la machine à chocolat, et le tueur est dans sa chambre. Il n'opposera aucune résistance, il dort comme un bébé.

Desnoyers observa les quatre personnes réunies dans le bureau. Le directeur était manifestement survolté et la mairesse ; surexcitée, la vieille dame affichait une mine triomphante. Il retint un soupir. Malgré les réponses embrouillées données par le régisseur lors de son interrogatoire, celui-ci semblait le plus apte à lui exposer la situation.

— Vous, là, expliquez-moi.

Jean-Paul Berthoux s'appliqua à résumer leurs investigations. Le gendarme notait, et plus il notait, plus il se sentait perdu. Il s'accrocha à sa principale compétence : l'esprit de concision.

— Donc, la première victime aurait été empoisonnée pour être dépouillée, la deuxième serait le meurtrier de la première et la troisième, un maître chanteur éliminé par la deuxième.

Les quatre témoins opinèrent du chef.

— Nous sommes convaincus que Marcus van Breecht n'est pas la personne qu'il prétend, conclut Violette. Claudine, donnez votre téléphone à M. Cornillon.

— Pour quoi faire ? Le mien fonctionne très bien.

— Internet fait des miracles. Nous avons photographié Marcus. Si son portrait est quelque part sur la toile, nous le retrouverons. Il suffit d'effectuer une recherche d'image.

M. Cornillon ajusta ses lunettes et scruta la photo.

— Je ne vois rien…

La vieille dame ne put se contenir et leva les yeux au plafond.

— Il faut transférer la photo sur votre ordinateur, dit Jean-Paul avec pédagogie.

— Oh oui ! Oui, bien sûr.

Se ressaisissant, il s'assit à son bureau et fourragea dans les tiroirs.

— Où ai-je donc mis les câbles de connexion ?

— Dans ce vase, dit Claudine en extrayant une pelote de fils gris d'une potiche chinoise.

— Ah, oui, en effet. Merci.

Violette et Claudine se pressèrent autour de l'écran. Une icône avait surgi au coin de la barre de tâches, annonçant qu'un nouvel élément était connecté.

— Ouvrez ! s'exclama Claudine qui grillait d'impatience.

— Oui, oui.

Il cliqua maladroitement sur le téléphone.

— Laissez-moi faire, monsieur, dit le régisseur.

Il saisit la souris. Une nouvelle fenêtre s'ouvrit, révélant le visage endormi de Marcus van Breecht.

— Violation du droit à l'image, grommela le gendarme. Pour un maire, ce n'est pas joli, joli, madame.

— Oh, ça va ! Je n'ai étouffé personne dans une cuve de chocolat, moi.

— Et maintenant, dit Violette, voyons si ce monsieur est connu.

— Je ne vois rien, dit le directeur.

— Un peu de patience, Jean-Paul lance la recherche.

Quatre paires d'yeux scrutèrent les images apparaissant sur l'écran. Claudine pointa du doigt un cliché.

— Sapristi, vous aviez raison, Violette. C'est Marcus.

L'image était un peu floue et l'homme plus jeune, mais on reconnaissait parfaitement le visage aux pommettes larges et à la mâchoire triangulaire. Jean-Paul ouvrit le lien menant à un article intitulé : « Le cambrioleur des ambassades relâché ».

L'homme soupçonné du cambriolage d'un hôtel de luxe à Bruxelles a été relâché par la police, faute de preuves. D'un montant estimé à 1 million d'euros, ce casse avait eu lieu en pleine journée. L'individu avait dérobé son passe à une femme de chambre et s'était fait passer pour un garçon d'étage. Il avait vidé les coffres de deux suites, raflant des bijoux et de l'argent liquide.

Formellement identifié par la femme de chambre, le prévenu…

— Un monte-en-l'air international ! s'écria le brigadier.

— Gilles Charpentier a travaillé dans diverses ambassades, dit Violette, et il l'a reconnu. Van Breecht a pris peur. Il comptait simplement voler les menus, mais il a finalement décidé d'éliminer celui qui pouvait le dénoncer. Il a profité de la visite de l'atelier d'ébénisterie pour voler des sels de cyanure et tuer Charpentier. Il lui était facile de les dissimuler sous sa grande cape et il s'en est certainement débarrassé sitôt son crime commis. Lili a évoqué un homme en noir, marchant la nuit de vendredi, autour du château. Je parie que c'était Marcus, cachant le flacon dans un buisson.

— Pourvu que ce soit un renard qui tombe dessus, soupira le régisseur.

Les yeux du directeur s'étaient agrandis.

— Dire que j'ai confié les secrets de Valençay à cet homme ! Il aurait pu revenir ici dans un mois ou deux, nous l'aurions accueilli à bras ouverts, sans aucune méfiance, et il en aurait profité pour voler les épées de Talleyrand, sa chaussure orthopédique, la tiare, tous nos trésors ! Oh mon Dieu ! Il faut prévenir la gendarmerie, l'Office central de lutte contre le trafic de biens culturels et dénoncer ce brigand !

La grogne du brigadier refit surface.

— La gendarmerie est déjà là, grommela-t-il.

Marc Cornillon était trop bouleversé pour lui prêter attention. Il se renversa contre le dossier de son fauteuil et s'épongea le front avec sa manche.

— Nous l'avons échappé belle, Jean-Paul. Pensez donc ! La tiare ! La déclaration testamentaire du prince ! Tout aurait pu disparaître, être vendu aux Américains ou aux Chinois !

Claudine se fit rassurante.

— Rien de tout cela n'est arrivé. Et nous avons retrouvé les fameux menus.

— À ce sujet, ces documents étant des preuves, je vais les saisir, dit le gendarme.

34

Qui est aimé est riche sans le savoir

En fin d'après-midi, le directeur nota avec satisfaction que son cher domaine avait retrouvé un semblant de normalité. Les choses étaient rentrées peu à peu dans l'ordre. Les pompes funèbres avaient enlevé le corps de Guillaume Pierre, Marcus van Breecht – ou quel que soit son nom – avait été emmené par les gendarmes. Les sociétaires s'étaient sustentés grâce à l'ingéniosité des concurrents. « Tant pis pour le trophée, avait dit Jean-Claude, notre métier est avant tout de nourrir les gens. » Ils avaient achevé tant bien que mal la réalisation de leurs chefs-d'œuvre et réchauffé les plats qui patientaient depuis le matin. Li Kang avait été le premier à se jeter sur son assiette.

Les délibérations closes autour du café, on fit monter les candidats. Théophile Vernet se leva.

— Mesdames et messieurs les jurés, chers confrères et amis, mademoiselle et messieurs les concurrents, je suis honoré de présenter au nom de la Société internationale des amis de Carême la remise de ce cent vingt-huitième trophée. Je suis navré de ne pouvoir m'en réjouir pleinement, les tragédies de ces derniers jours nous ont, hélas, tous endeuillés.

Il toussota.

— Ces drames ne doivent pas entacher le concours. Nous sommes réunis ici pour honorer le plus habile des artisans de bouche. La qualité des productions qui nous ont été présentées est indéniable, le choix a été excessivement difficile. Mademoiselle et messieurs les candidats, la société tient tout d'abord à vous exprimer toute sa reconnaissance car malgré les circonstances, vous avez tous les quatre fait preuve jusqu'au bout d'un grand professionnalisme.

Tu m'étonnes, songea Léonard Juillet. Heureusement, sa mère ignorerait les tribulations traversées.

Le président de la SIAC marqua une nouvelle pause et reprit :

— La tradition exige que le trophée soit remis lors de l'assemblée générale, mais les événements dramatiques que nous avons tous endurés nous poussent à l'annoncer aujourd'hui. Après comptabilisation des votes, nous avons l'honneur de décerner le prix Carême à M. Jean-Claude Piémontain.

De discrets applaudissements saluèrent sa déclaration.

— Avant de remettre au gagnant son certificat, je souhaite rendre hommage à Mme Laguille, grâce à qui nous avons pu honorer notre mission. Sans sa détermination et ses talents, notre société aurait conservé une tache indélébile, celle d'abriter, peut-être, en son sein, un meurtrier. Dieu merci, ce n'est pas le cas. Mais cette mésaventure nous rappelle que nos membres sont tenus à la plus grande éthique.

Li Kang baissa le nez dans sa tasse.

— Monsieur Piémontain, je suis honoré de vous remettre ce prix au nom de la Société internationale des amis de Carême.

Jean-Claude s'avança, les larmes aux yeux.

Le trophée ayant été décerné, Claudine Imbert décida de rentrer le soir même à Mouy-sur-Loire. Plus rien ne justifiait sa présence au château. Violette acquiesça, le cœur serré. Elle s'était habituée aux feux de cheminée et aux bergères Louis XVI et n'avait aucune envie de retrouver sa douche défaillante. M. Cornillon les chargea d'un carton de pots de miel de Valençay, d'une montagne de cartes pop-up et d'un flot de remerciements. Avant qu'elle ne monte en voiture, Jean-Paul saisit la main de Violette et la serra à l'écraser.

— Vous avez sauvé la saison touristique du château… et son directeur.

Violette baissa les yeux d'un air modeste.

— C'est trois fois rien.

Il lâcha la main de la vieille dame et se tourna vers Claudine qu'il serra contre lui.

— Merci pour tout, cousine ! Rentrez bien.

Elle se dégagea, la gorge un peu serrée.

— On t'attend à la maison pour Pâques.

Il éclata de rire.

— Nous n'avons pas encore fêté la Saint-Valentin.

— Le temps passe vite, tu sais.

— Je sais, dit-il avec un petit sourire.

Masquant son émotion, Claudine s'installa au volant :

— En voiture, Violette !

— Une minute, dit la vieille dame.

Elle tenait à saluer le président de la SIAC.

Elle trouva Théophile Vernet dans le salon, debout devant une fenêtre, le regard perdu dans la contemplation des jardins. L'entendant entrer, il se retourna et sourit.

— Chère Violette, que puis-je pour vous ?

— Je viens vous dire au revoir.

La moustache du président s'affaissa d'un cran.

— Vous partez ?

— Mme Imbert est attendue et moi…

Elle écarta les mains dans un geste fataliste :

— J'ai accompli ma mission.

— Quand je pense que le tueur a profité de notre invitation, j'en suis malade.

— Vous ne pouviez pas imaginer une telle duplicité.

— Certes. Vous m'avez sauvé, et vous avez sauvé la réputation de la société, Violette. Talleyrand a écrit sur son lit de mort : « Je me croyais libre, et ma position me prescrivait de chercher ma route. Je la cherchai seul, car je ne voulais faire dépendre mon avenir d'aucun parti. » Vous êtes du même bois que le prince, chère amie.

— Vous me faites là un grand compliment.

— Bien sûr, vous êtes très différente, à commencer par vos pieds.

— En effet, j'ai la chance de ne pas avoir de pied bot.

Le vieil homme toussota.

— M'autoriseriez-vous à vous revoir ?

— J'en serais ravie.

— Vous me rappelez une femme que je vénérais, une grande artiste. Elle portait le même prénom que vous et… elle avait des yeux bleu pervenche comme les vôtres.

Un sourire attendri se dessina sous sa moustache et il poursuivit :

— Elle était patineuse. J'avais assisté à plusieurs de ses spectacles. Elle était si pétillante, si gracieuse, elle semblait voler sur la glace. J'avais accroché des affiches d'elle dans ma chambrette d'étudiant. Elle était là, au-dessus de mon bureau, et durant deux années, son sourire m'a donné du courage pour préparer mon doctorat. Elle s'appelait Violette Décembre. Le jour où j'ai soutenu ma thèse sur les rillettes, je lui ai écrit. Je n'avais pas son adresse, bien sûr, alors j'ai envoyé le courrier au Cirque d'hiver où elle se produisait. Je tenais à la remercier du soutien qu'elle m'avait apporté sans le savoir. La lettre m'est revenue, hélas. Elle ne l'a jamais su.

Deux taches roses étaient apparues sur les joues de la vieille dame. Violette Décembre était son nom de scène.

— Je suis certaine que si, dit-elle doucement.

Se penchant en avant, elle posa sa main sur celle de Théophile.

— La vie prend parfois son temps pour répondre… Mais il n'est jamais trop tard.

Il rougit à son tour.

— Ce n'est pas très galant de ma part de vous comparer à une autre femme et d'évoquer…

— Au contraire. Vous avez bien fait.

Elle était déjà partie à Bangui quand le courrier était arrivé, invitée par le président Bokassa. Elle avait cru être sauvée par l'homme égoïste et cupide qu'elle avait épousé… Et durant cinquante ans, tandis qu'elle suivait sa destinée en montagnes russes, un inconnu doux et simple avait entretenu une flamme secrète à son égard. Deux vigoureux coups de klaxon la rappelèrent à l'ordre avant qu'elle ne s'épanche.

— On m'attend. À bientôt, Théophile.

— À bientôt, Violette.

Claudine se glissa derrière le volant et claqua vigoureusement la portière. Jean-Paul recula pour la laisser accomplir son demi-tour, d'une manœuvre ample et appliquée, avant de s'élancer vers le portail. Il resta le bras en l'air jusqu'à ce que la voiture ait atteint la taille d'un jouet.

— Moi qui vous avais promis un week-end reposant ! dit Claudine.

— Il n'était peut-être pas très reposant, mais il m'a changé les idées.

Violette jugea le trajet du retour excessivement court. Elle avait la tête encore pleine de petits choux colorés et de tableaux dorés lorsque la mairesse se gara devant la Véronnerie.

— Vous voilà à bon port, dit-elle.

Elle stoppa le moteur et se tourna vers sa passagère.

— Au fait, Violette, comment avez-vous appris à vous déclencher des spasmes ?

La vieille dame haussa les épaules.

— Un ami m'a enseigné quelques trucs.

Dubitative, la mairesse préféra se concentrer sur la route. Tout en regardant les arbres défiler, elle songea que c'était la fin de ses vacances. Le quotidien la rattraperait dès le lendemain. Paperasses, jérémiades des administrés, entretiens des candidates à la cantine. Une boule lui serra la gorge. Violette perçut sa tension et voulut détendre l'atmosphère.

— Michel va être heureux de vous retrouver.

— Je l'espère. En tout cas, je serai contente de boire une bonne soupe de carottes. J'ai mangé suffisamment de plats en sauce et de pâtisseries pour l'année.

NOTE

Si le château de Valençay est bien réel et tel que décrit dans ce roman, l'autrice a pris quelques libertés pour les besoins de l'histoire. Elle a donc imaginé les gîtes, le logement du régisseur, la transformation des cuisines d'Antonin Carême en lieu de concours. En revanche, chaque été, des chefs de la région viennent toujours y faire des démonstrations de leur savoir-faire. C'est ce qui a inspiré cette histoire.

Elle ne saurait trop encourager les lecteurs à visiter ce domaine magnifique et à vénérer la mémoire de Marie-Antoine Carême, dit Antonin Carême, à qui la cuisine française doit tant de délices.

REMERCIEMENTS

Mes remerciements les plus chaleureux à ma chère Chloé, qui a eu, une fois de plus, le courage de lire la première version de ce texte et d'y traquer les incohérences et les faiblesses.

Merci à l'ancien directeur de communication du château de Valençay m'a fait découvrir avec tant d'enthousiasme les coulisses de ce site et aux auteurs des *Cahiers de Valençay* qui ont nourri mes recherches.

Merci à Vincent, fidèle supporter de Violette Laguille et Claudine Imbert, pour sa confiance renouvelée, à Mélanie et à toute l'équipe de Calmann-Lévy qui a travaillé à la naissance de ce livre, ainsi qu'à Constance Clavel, qui sait si bien donner vie à Violette.

Merci enfin à vous, chers libraires et chers lecteurs, pour votre enthousiasme.

Vous pouvez retrouver Violette Laguille sur son compte Instagram : @violette_laguille.

Collection

TERRITOIRES

Jean ANGLADE
Une vie en rouge et bleu
Le Dernier de la paroisse
Le Choix d'Auguste
Le Sculpteur de nuages
Les Cousins Belloc
Le Grand Dérangement

Sylvie ANNE
Le Gantier de Jourgnac
La Maison du feuillardier

Sylvie BARON
Un été à Rochegonde
Les Ruchers de la colère
L'Auberge du pont de Tréboul
L'Héritière des Fajoux
Rendez-vous à Belinay
Terminus Garabit
Un coin de parapluie
Une Miss pas comme les autres
Des noces en or
Les Petits Meurtres du mardi
Un hôte bien encombrant
Une affaire de coeurs

Jean-François BAZIN
Les Raisins bleus
Le Clos des Monts-Luisants
Le Vin de Bonne-Espérance
Les Compagnons du grand flot
Le Maître de la lumière
Le Dernier Tonnelier

Sarah BELL
Le Chant des reines

Henriette BERNIER
Le Baron des champs

Jean-Baptiste BESTER
L'Homme de la Clarée
Plus près des anges
Les Amants de Sainte-Catherine
Meurtre au pont du Diable

Françoise BOURDON
Le Moulin des Sources
Le Mas des Tilleuls
La Grange de Rochebrune
Retour au pays bleu
Le Fils maudit
Les Sentiers de l'exil
Les roses sont éternelles
Le Maître du Castellar
Le Secret de Belle Épine
Pour oublier la nuit

Édouard BRASEY
Les Lavandières de Brocéliande
Les Pardons de Locronan
La Sirène d'Ouessant
L'Affaire Cabre d'or
Le Domaine des oliviers
Les Fils du patriarche

Patrick BREUZÉ
Les Remèdes de nos campagnes

La Valse des nuages
L'Étoile immobile
Mon fils va venir me chercher
La Montagne pour refuge
Versant secret
Les Buveurs de ciel

Nathalie de Broc
La Vallée des ambitions
La Robe pourpre

Michel Caffier
Corne de brume
La Paille et l'Osier
Les Étincelles de l'espoir

Anne Courtillé
La Tentation d'Isabeau
Le Gaucher du diable
Les Damoiselles de Clermont

Annie Degroote
Les Racines du temps
D'infinies promesses

Jérôme Deliry
Une rivière trop tranquille
L'Héritage de Terrefondrée
La Maraude

Raphaël Delpard
L'Enfant sans étoile
Pour l'amour de ma terre
L'Enfant qui parlait avec les nuages
Le Courage de Louise

Alain Dubos
La Mémoire du vent
La Corne de Dieu
Le Dernier Combat du Dr Cassagne

Élise Fischer
Les Noces de Marie-Victoire
Je jouerai encore pour nous
Villa Sourire
L'Étrange Destin de Marie
Le Jardin de Pétronille
Aux Deux Hirondelles
Les Femmes des terres salées
La Promesse du sel
Le Vin de Pâques
Marionnettes d'amour
Là où renaît l'espoir
Tous au théâtre
Les Silences de Jeannette

Emmanuelle Friedmann
Le Rêveur des Halles
La Dynastie des Chevallier
L'Orphelinat
La Faute des autres

Alain Gandy
Les Cousins de Saintonge

Gérard Georges
Une terre pour demain
Le Destin des Renardias
Le Bal des conscrits
Mademoiselle Clarisse
Anatole, fils de personne
La Mésangère

Georges-Patrick Gleize
La Fille de la fabrique
Pas plus tard que l'aurore
Le Serment des oliviers
Le Vent de la jeunesse

Quelques pas dans la neige
Les Noisetiers du bout du monde
Le Crépuscule des Justes
Même les pierres ont une histoire
La Montagne des autres
Coupe rase
La Dernière Traque
Comme une odeur de gentiane

Yves HUGHES
Et meurent les marionnettes

Yves JACOB
Sous l'ombre des pommiers
Le Silence de Justine

Corinne JAVELAUD
L'Ombre de Rose-May
Les Petits-Papiers de Marie-Lou
L'Odyssée de Clarence
Les Fantômes de Marianne
Les Carnets de Laurel

Guillemette de La BORIE
La Dernière Héritière
Le Portrait disparu

Hélène LEGRAIS
L'Ermitage du soleil
Les Héros perdus de Gabrielle
Les Ailes de la tramontane
La Guerre des cousins Buscail
Les montagnes chantaient la liberté
Ceux du Château, ceux du Moulin
Trois Gouttes de sang grenat
Les Anges de Beau-Rivage
Le Bal des poupées
Le Front dans l'azur
Nous étions trois
Le Cabanon à l'étoile
L'Alchimiste de Sant-Vicens
La Ballade d'Amélie

Philippe LEMAIRE
Rue de la Côte-Chaude
L'Enfant des silences
L'Oiseau de passage
La Mélancolie du renard

Alfred LENGLET
Du poison dans les veines
Jeux mortels en hiver
Temps de haine
Cœurs de glace

Éric LE NABOUR
Retour à Tinténiac
La Louve de Lorient
À l'ombre de nos larmes
La Frondeuse
Cécile et les Beaujour
Comme une aube fragile
La Ferveur

Jean-Paul MALAVAL
L'Or des Borderies
Soleil d'octobre
Les Noces de soie
La Villa des térébinthes
Rendez-vous à Fontbelair
La Folie des Bassompierre
Chronique des Strenquel
La Bastide aux chagrins
Les Sœurs Querelle
Les Larmes de la pinède
La Belle Étrangère
Adélaïde au bord de la falaise
Les Gens de Combeval

La Souveraine en son domaine
Un si joli mariage
Rue de la Fontaine-Bleue
Un cœur solitaire dans une maison trop grande
Un été sous les tilleuls
La Vallée des eaux amères
L'Héritière des sables fauves
Par un étrange été à Marteline
Sous une mauvaise étoile

Antonin MALROUX
La Promesse des lilas
La Cascade des loups
La Pierre marquée
L'Homme aux ciseaux d'argent
Les prés refleuriront
Fenêtre sur village
Marie des Adrets
L'Espoir de belles aurores
Le Pain de paille
Le Cœur de mon père
Le Charpentier du paradis
Un soleil pour chaque jour
L'Académicien de juillet
Juste en dessous du ciel

Charlotte MONÉGIER
Ne t'inquiète pas des tempêtes

Jean-Luc MOUSSET
L'Enfant des labours
Le Secret de Neige

Sophie MUFFAT-MÉRIDOL
L'Homme au bouquet
La Vérité qu'elle mérite

Sylvie PERENNE
Âge d'orage

Michel PEYRAMAURE
La Terrasse

Brigite PIEDFERT
Deux Grains de sucre, un soupçon de secret
Tu seras princesse de Tarragone
La Dame d'Alvimare

Frédéric PONS
Les Pèlerins du diable

Agathe PORTAIL
L'Année du gel
Piqûres de rappel
De la même veine

Nicole PROVENCE
Le Secret d'Aiglantine

Joël RAGUÉNÈS
La Maîtresse de Ker-Huella
La Dame de Roz Avel
La Sirène du port
Les Trois Saisons de la vie
L'Or du lin
Les Vies de Jeanne
Pêcheurs du bout du monde
Les Derniers Seigneurs de la mer
La Salamandre de Trévarez
Yann, saint-bernard de la mer
Lady Mond

Florence ROCHE
La Terre des Falgères
L'École du lac
La Réfugiée du domaine

Élisabeth SEGARD
Une certaine idée du paradis
Un futur presque parfait

Geneviève SENGER
La Maison Vogel
L'Enfant de la Cerisaie
La Dynastie des Weber
Les Jumeaux du val d'amour
La Promesse de Rose
Les Bellanger
La Dame des Genêts
L'Or de Salomé
La Terre originelle
Le bonheur est au fond des vallées
La terre était si bleue

Jean SICCARDI
La Source de saint Germain
Le Maître du diamant noir
L'Ivresse des anges
L'Auberge du gué
Gaston des vignes
La Chapelle des Templiers
Le Dernier Faiseur d'or
Le Carnet gris

Bernard SIMONAY
L'Or du Solognot
Le Marais des ombres
Meurtres d'outre-tombe

Valériane TARONT
Fenêtre sur jardin
L'arbre à loques

Jean-Michel THIBAUX
L'Olivier du diable
Le Maître des bastides
Le Rappel du tambour

Katia VALÈRE
Après la nuit vient l'aube

Brigitte VAREL
Le Secret des pierres

Louis-Olivier VITTÉ
La Guérisseuse de Peyreforte
Là où coule une rivière
Le Secret de Tire-Lune
La Statue engloutie
La Dame des vignes hautes
La Femme qui voulait voir la mer
Petit Jean

Colette VLÉRICK
L'Enfant sur le pont
Un air de liberté
La Nacre des abers
Dans la lumière de Pont-Aven
Rêves d'indiennes

Composé et mis en page par Belle Page

Achevé d'imprimer en février 2025
par CPI BUSSIÈRE (18200 Saint-Amand-Montrond)
pour le compte des Éditions Calmann-Lévy
21, rue du Montparnasse, 75006 Paris
commercial@calmann-levy.fr

PAPIER CERTIFIÉ

CALMANN LÉVY s'engage
pour l'environnement en réduisant
l'empreinte carbone de ses livres.
Celle de cet exemplaire est de :
700 g éq. CO_2
Rendez-vous sur
www.calmann-levy-durable.fr

N° d'éditeur : 4159443/01
N° d'imprimeur : 2083104
Dépôt légal : février 2025
Imprimé en France.